La huella del bisonte

Sudaquia
editores

New York, NY.

Colección Sudaquia

La huella del bisonte

Héctor Torres

Sudaquia Editores.
New York, NY.

Índice

Karla.

Mario.

La huella del bisonte

A Lennis Rojas, constante fuente de certezas
y un lujo de primera lectora.
A Ariadna Isabel, futura fuente de mis despechos

La huella del bisonte

I'm looking for the least possible amount of responsibility.

Lester Burnham (*American Beauty*)

Karla

1.

Un viejo dictador quiso tentar su fortuna y perdió un plebiscito que daba por ganado. Era 1988, año en que Irán e Irak finalizaron su estúpida guerra con un *score* de cero a cero, y el oso soviético inició su retiro de Afganistán. El mismo en que Raquel se mudaría de la casa en la que vivió buena parte de la vida de su hija, acatando las instrucciones del destino, llegadas bajo el pedestre formato de una orden de desalojo.

La tarde que recibió el documento cumplía treinta y cinco años. Cumplía, también, cuatro meses desempleada. El documento lo recibió su hija, que antes de saber de qué se trataba, se había sentido importante atendiendo la inusual visita del cartero. Con la carta en la mano, la mujer lloró y maldijo al viejo cara de sapo, y la chica la secundó sin tener muy claro las implicaciones del asunto. Una de ellas es que su bicicleta no la acompañaría al que sería su nuevo hogar.

Sin saber que disfrutaba del último agosto de esas calles despejadas, la niña se inclinó sobre los pedales para aumentar la velocidad. Luego de un par de enérgicas pedaleadas, se dejó caer con suavidad, inclinando su cuerpo hasta tropezar la punta del asiento. Aprovechando el impulso y la larga recta, atravesó la calle balanceando la pelvis hacia delante y hacia atrás con expresión ausente, sintiendo la vibración producida por las irregularidades del asfalto, que se expandía a todo el cuerpo cada vez que se inclinaba sobre el manubrio. Aunque la tarde estaba fresca y la brisa le daba de lleno, una expresión concentrada endurecía su cara de niña. Rodó sin prisa hasta detenerse frente a una pared verde agua. La puerta estaba entreabierta. Con un empujón de la rueda delantera entró en la casa, dejando en el pasillo la bicicleta y su duro asiento de cuero negro, humedecido por el dulzor de su intimidad.

Sin detenerse a saludar, subió corriendo hasta su cuarto.

¿Te acordaste?, preguntó una voz desde la cocina.

Me baño y bajo, respondió sin aminorar la carrera.

La piel le brillaba por el sudor. Olvidó llevar a casa la fruta que la mamá le había encargado del abasto, pero no quiso distraerse con eso. Estaba urgida por mitigar la agitación que había alimentado con cada pedaleada.

Y sabía cómo hacerlo.

Lo descubrió sin proponérselo, un par de meses atrás. Ese cuerpo que se le volvía extraño le había estado enviando perentorias señales, y una tarde calurosa cedió a su invitación, abriendo una puerta enorme. Luego de atravesarla, asustada por lo que había descubierto, huyó de la soledad de su cuarto y de esa pesada puerta que no sería fácil volver a cerrar. Una puerta que daba a un salón largo y húmedo, sin fondo aparente.

Ese día, en un impulso desconocido, agarró la bicicleta y se lanzó a la calle. Apenas se sentó, recibió una plácida descarga que se le regó por el cuerpo como leche tibia. Sintió en las caderas una mezcla de crispación y bienestar que se incrementaba en tanto ejercía presión contra el asiento de la bicicleta.

Comenzó a pedalear con fuerza, dando vueltas a la manzana. Lejos de disminuir, las sensaciones aumentaban con cada vuelta, como la temperatura dentro de su ropa interior. Como cuando tenía ganas de orinar, pero de un modo más inquietante.

Y más placentero.

Luego de varias vueltas, regresó a casa agotada. Al llegar a su cuarto, algo en el pecho, sin definición ni pausa, le impedía estarse quieta. Dejó entonces que el instinto tomara el control. Cerró la puerta, echó el seguro y, con prisa, se quitó toda la ropa. La mamá dijo algo que no escuchó.

Se me olvidó, respondió.

Las medias, la franela, el sostén, parecían casas arrasadas por un huracán. Del otro lado del mundo la mamá insistía en decir cosas que ella no lograba descifrar. Se paró frente al espejo y se sobresaltó. Cada día lo mismo. La chica desnuda frente a sí le parecía tan distinta a la que era apenas uno, dos años atrás. No dejaba de asombrarle con qué prisa le crecían los pechos, con sus manchas oscuras que se derramaban espesamente, como *sirop* de chocolate.

Se paró al lado de la cama que en un tiempo compartió con Sarah y Cristina, e inició los ritos que sus nuevas formas le sugerían. Ondular el cuerpo, mover las caderas, ensayar poses y miradas de vampiresa, bailando frente al espejo, sin quitarle la vista a sus trémulos pechitos. Una música venida de adentro le hacía girar la pelvis, con una cadencia rítmica y natural, como la de la cadena de su bicicleta.

Se convertía, entonces, en Madonna. O en Cindy Lauper. Cientos, miles de miradas masculinas deliraban ante sus movimientos. Otras veces se sentía Catherine Fullop, Gigi Zanchetta, Rudy Rodríguez, las heroínas de las telenovelas que seguía con devoción, acompañándolas en sus lágrimas y risas a través de las veleidades del amor. Vuelta de nuevo a su tarima imaginaria, sin detener la danza, comenzó a bajarse las pantaletas, con el mismo susto de siempre, mirando de reojo de cuando en cuando, como si viera furtivamente una película prohibida. Desnuda del todo, con la prenda de corazones estampados enredada en uno de sus tobillos, se detuvo. Suspiró hondo, desde muy adentro, para aquietar la respiración. Le turbaba verse los huesos de la cadera, o los vellos que cubrían su pubis. Una lanita oscura, que comenzaba a tupirse. Se recorría el cuerpo con las manos y, aun sintiendo el contacto, no dejaba de sentirlo ajeno, de pensar que *esa* era una desconocida.

Sus novedades la excitaban tanto como las palabras que las nombraban. Verse en el espejo, tocarse y repetir vello púbico, provocaba un hilito de frío en su pecho. Nalgas, decía, y clavaba sus deditos en la carne. Pezones, y la mirada le brillaba y en sus labios resbalaba una sonrisa. Pezones, repetía y los rozaba con las palmas de las manos, o los halaba suavemente, mientras adquirían una turgencia inmediata. Le asombraba constatar las dimensiones que adquirían. Tocar y nombrar le generaba el deseo de seguir deslizando sus manos por esa piel que aún exhibía una tersura infantil. Apretó duro las piernas entre sí y suspiró cuando el ardor alcanzó sus caderas.

El instinto no requiere adiestramiento. Aunque le avergonzaba admitirlo, conocía el método para calmar esa inquietud cuando resultaba intolerable. Se metía al baño del cuarto, abría el grifo de la regadera y entraba en ella. El agua resbalaba por su cuerpo. Una mano abrazaba su garganta. Cerraba los ojos. Conocía el santo y seña y lo había convertido en ceremonia cotidiana. Deslizaba su índice desde la garganta hacia abajo, atravesando el pecho, el vientre, los más viejos recuerdos, la calle solitaria, los sueños impronunciables, el desasosiego, la lanita mojada... Cuando tropezaba con *el sitio*, daba un respingo.

Entonces comenzaba a frotar.

Después del baño, las emociones eran ambiguas. Aunque distendida, la abrumaba la culpa. Terminaba de vestirse cuando un sonido brusco la sobresaltó. Habían intentado abrir la puerta, y se alivió al recordar que había puesto el seguro.

Se enfría la comida, señaló una voz. Sin jugo, porque se te olvidó otra vez la fruta.

En un gesto mecánico agarró el cepillo y, aún temblando, se peinó frente al espejo.

Ahora te la pasas encerrada, se quejó la voz alejándose por el pasillo.

Karla echó un último vistazo al espejo en busca de elementos delatores y, al no encontrarlos, salió del cuarto. No sin antes buscar con la vista a Cristina y Sarah, que desde los clavos en la pared en los cuales fueron a parar hace algún tiempo, observaban con actitud neutral, sin juzgarla ni secundarla.

Es como un calambre rico que empieza aquí y se riega hasta

acá, se confesaba a sí misma, tratando de explicarse lo que le producía el contacto de su dedo con el botoncito. Debo ser una enferma, se reprochaba en las noches, dando vueltas en la cama, intentando reprimir el deseo de seguir descubriendo. Pero era un calambre vicioso y había que tener mucha fuerza de voluntad para evitarlo. Sus manos de uñas cortas erraban por la quietud de la sábana hasta que caían, sin querer, en el botoncito.

En esas noches se dormía tarde, extenuada por la euforia.

La bicicleta te está sacando piernas de futbolista. Ve a ver si paras un poco, le repetía la mamá cuando, en las noches, veían televisión en la sala. Karla, en guardia de inmediato, se estiraba instintivamente la batita de dormir para cubrirlas de la vista que husmeaba.

Pero sabía que era en vano. Raquel, que todo lo descubre, tarde o temprano se enteraría.

2.

Caracas es una ciudad de imposible definición. Una ciudad cuya última amabilidad la ofrecen sus 27 grados de temperatura ambiente, y su último esplendor lo representa esa pared verde que la acompaña con su ceñudo silencio, como de patriarca que no termina de decir qué le molesta tanto. Ochocientos metros más arriba que el mar, es una ciudad sin estrellas ni pensamientos inocentes. Ni libélulas que aleteen entre extintos cañaverales. Ni complicadas esperanzas.

Por eso no es aconsejable padecerla en soledad.

Pero Mario vivía solo. El libretista cuarentón y un poco huraño que hubiera querido ser novelista, ocupaba desde hacía años un apartamento en el piso ocho de un edificio en La Candelaria. Tras separarse de América (esto último siempre será un eufemismo, porque te botan o te largas, y eso nunca ocurre sin un poco de sangre y extorsión), se negaba a volver a vivir con alguien. Su cama, su cuarto, su cepillo de dientes, habían sido presentados a una variada lista de perfumes y nombres que no pasaron nunca de una segunda ocasión. Mario no solía visitar a sus amigos. Además de la barra de Miguel, la librería de Raúl y la discotienda de Antonio, no frecuentaba a nadie. A su madre, una vez al mes. Y esas visitas, usualmente los sábados en la mañana, se limitaban a que ella le hablara de cosas que no le importaban sobre gente que no conocía. Y que comentara con asombro el precio de todo lo que había comprado recientemente. Y que se quejara. De sus infinitos achaques, de lo sucia que estaban las calles, de lo peligrosa que se había vuelto Caracas, del dolor en los huesos, de la negligencia de los médicos al no encontrar las razones de sus insomnios y sus jaquecas. Y de lo poco que la visitaba.

Mario respondía con monosílabos a las pocas preguntas que ella intercalaba en su bazar de quejas y —¿ya te vas, tan rápido?— se dejaba acompañar hasta la puerta del ascensor.

Hay que comer sano, Mario. Acuérdate de la osteoporosis.

¿Cómo?

Sí, ataca los huesos. Los debilita.

¿La competencia está haciendo telenovelas de hospitales, mamá?, pregunta Mario, ceño fruncido, sonrisa ladeada.

Se siente en la ropa. Y en el sudor.

¿El qué?

Que desde hace años no hueles a comida casera.

Interesante tema para un sábado previo a la quincena. Lástima que llegó el ascensor. Mario la abraza con torpeza y, entrando en la cabina, agrega: Paso con más calma en estos días.

Si pasas en la semana, tráeme aceite de oliva. En las revistas dicen que es antioxidante.

Y se iba, prometiéndole hacerlo. Cuidarse y llevarle el aceite. Y ella sabía que no lo vería durante la semana, ni la semana siguiente. Y que no haría ninguna de las dos cosas. Acaso pasaría más a menudo si no fuera por esos temas de pasillo que a su mamá tanto fascinaban.

Temas que le dejaban como única certeza el terror que sentía ella por la proximidad de la muerte. Y que gastaba lo que le quedaba de vida cuidándose de aquella.

A diferencia de América, que en menos de un año se casó con Alfredo, Mario había encontrado mayor placer en las compañías que desaparecían junto a la euforia, dejándolo a solas con su vida de comida enlatada. De sulfitos y toda suerte de demonios cancerígenos, según le advertía su mamá. Al principio se había dedicado con intensidad a recuperar el sabor de la soltería. Rara vez comía en su casa, rara vez estaba al día con las facturas, rara vez preguntaba por Gabriela, su nena, que tendría unos seis, siete años, cuando sobrevino la separación.

América es maestra. Es exactamente un año y dos meses menor que Mario, aunque suele parecer mayor por esas formas en las que se mezclaban cierta mojigatería infantil con un aire de grave adustez. Cuando la mujer está pasando por un eclipse en su vida conyugal, como le sucedió a ella, necesita con urgencia ser el sol de alguien. Alfredo, que era contador en una empresa cercana al colegio, apareció en el momento preciso para alimentar el ego de ese sol desmantelado. Al principio se limitaba a invitarle un café, con insistencia, optando de buena gana al puesto que estaba dejando vacante el planeta salido de su órbita.

Un día aceptó el café, y a partir de allí su nombre comenzó a aparecer en las discusiones maritales, bajo la inasible forma del señor Rodríguez. Luego, en un tiempo que a Mario se le antojó precoz, comenzaron a aparecer los *Alfredo tiene razón. Yo no soy fea* (de hecho, dice que no aparento mi edad). Yo me merezco *algo* mejor (completaba Mario, con sorna, en las discusiones que se mantenían hasta el amanecer). Te mereces alguien que te valore, veía Mario al hombre sin rostro, al vampiro, al pañuelo oportunista tomándole la mano a su mujer, sentados en un café.

Aunque ya no la soportaba, aunque estaba convencido de que cada día juntos era sólo un día más cerca de la muerte, la idea de ver al tipo sin rostro avanzar con tanta facilidad a través de un camino de puertas abiertas, cuando él todavía no había terminado de sacar sus cosas, le sumergía el alma en un ácido cuyos efectos sólo amainaban con litros de cerveza.

No metas a ese señor tan decente en esto. Él sólo me aconseja, decía ofendida.

Trabajaba duro por las noches, a partir de las diez. Era el mejor momento del día. Ya había congelado por quinta vez la novela que nunca escribiría. En compensación, cobraba en efectivo y con cierta holgura los capítulos que puntualmente entregaba. Esa noche fría intentaba que los caminos de Consuelo se enredaran con esos en los que Rodolfo Antonio se citara con Angélica María, cuando escuchó los gritos. Caracas de noche grita lo que esconde de día, según asevera un viejo axioma. Se asomó a la ventana y, como siempre en estos casos, lo sedujo la escena que se presentaba en la calle.

En medio de una coñaza, apenas anunciada por unos gritos que de pronto se salieron del concierto de ruidos que los rodeaban, un gordo con un pantalón de camuflaje decidió desnudar a una gordita en plena calle. Mario quedó atrapado por la escena mientras avanzaba, densa y prolija, como si la estuviese viendo cuadro a cuadro. Haría tres meses que cumplió cuarenta años y no había podido dejar el cigarrillo. Era buen anfitrión y solía esgrimir una inocente vanidad, una cordial pedantería, no del todo desagradables. Aunque introspectivo y con inclinaciones literarias, le gustaba el béisbol y se parecía a sus vecinos más de lo que creía. Desde que Gaby comenzó a frecuentar su casa, se había vuelto hogareño. Pero para llegar a eso tuvo que desandar un largo trecho de ese farragoso túnel que tenía a la cirrosis hepática en el otro extremo. Sus pocos amigos aseguraban que se estaba poniendo viejo, pero la calle para él había estado perdiendo el esplendor que en otra época tuvo.

Se quedó observando la escena sin reaccionar. Encendió un cigarrillo y esperó el desenlace, hipnotizado, intranquilo. Como el espectador que sabe lo inútil del gesto de involucrarse. Un grupo de borrachos que acababa de salir de una tasca reía con rudeza en la esquina cercana. Ella pegó un gritito de rata, increíblemente amplificado. Nadaban en su pequeño infierno. Sin llegar a descubrir el motivo de la pelea, vio cómo el gordo camuflado comenzó a desnudarla, en un castigo al seco.

Ella lloraba y lo insultaba, pero no se defendía. El tipo le quitó un zapato que fue a dar a la acera de enfrente. Luego lo acompañaría el otro. Ella metió el brazo entre unas rejas cuando él comenzó a arrancarle la blusa. Se insultaban. Ella aullaba. Él le quitó la blusa. Incomprensiblemente, la gordita no hacía demasiado por defenderse. A veces el miedo paraliza. El miedo, o una oculta convicción de que se merece lo recibido. De seguro el papá le pegaba. A ella y a la mamá, concluyó Mario dándole una larga chupada al cigarrillo. De seguro se trataba de algo que requería lavarse con sangre, porque estaba decidido a avergonzarla en público.

La escena estaba en tal nivel de tensión que era imposible abandonarla. Descalza y sin blusa, forcejeaba para impedir que le quitara el sostén, que tampoco representó mayor obstáculo. Ahora forcejeaba, metódico, con el botón del pantalón. Ya no la insultaba y ella lanzaba inútiles bofetadas que él ni siquiera esquivaba. Y ya no quedaban dudas: se trataba de un cacho. De un cuerno, como dice Miguel. ¿Con un amigo? ¿Con el compadre?, se estaba preguntando Mario, casi sin darse cuenta.

Ella sabrá por qué anda con un troglodita, pensarían los ojos que observaban detrás de las cortinas de cuartos apagados, pero al parecer todos se aburrieron al mismo tiempo, porque de pronto, de esos ojos oscuros comenzaron a llover botellas, vasos, bombillos y pilas. Del piso de arriba voló un florero. Casi le pega al tipo cuando iba en retirada, sibilino y satisfecho, insultándola mientras huía. En la acera quedó la muchacha pegando alaridos, intentando cubrir con las manos toda la dimensión de sus tetas gordas y blancas.

Un frío brusco golpeó el pecho de Mario cuando se preguntó qué pasaría si esa fuera Gabriela. Sintió deseos de matar al animal que acababa de huir. Se sintió cobarde al no pensar en ella antes y haber bajado a tiempo para reventarle un tubo en la cabeza. Pero el alma es cómoda. Y se tranquilizó al concluir que ella no estaría con un tipo así.

En las ciudades no cabe el heroísmo. A lo sumo se llega al hastío. Se supone que cada quien sabe lo que hace. Gaby dormía esa noche en casa de su mamá y era absoluta responsabilidad de América que estuviera en su cama, sana y salva, se decía Mario, tratando de convencerse. Cada quien sabe lo que hace, repetía sin darse cuenta. El que no lo entienda así la va a pasar mal. En las novelas de ahora, con tanto plomo sin dueño, los quijotes no pasan del primer capítulo. A Mario le fastidiaba discutir con América. Las maestras sufren una enfermedad profesional que las hace conducirse siempre como si estuvieran dirigiéndose a un salón repleto de niños. Cuando discutían, no sólo elevaba innecesariamente el volumen de la voz, sino que además lo hacía con un irritante tono pedagógico que daba por descontado el "obvio" error de Mario en sus puntos de vista. Amorosa y firmemente, era la imagen que tenía ella de sí en esos momentos. Y si eso no bastara, no se limitaba a expresar sus divergencias, como cualquier persona adulta: su más mínimo capricho, su más diminuta molestia, la planteaba desde un tono aleccionador. Nunca se le ocurría pensar que el otro pudiera tener una percepción distinta sobre el asunto. Que el otro pudiese tener *su* razón. Ella era la maestra, y vino a este mundo a educar, a señalar fallas, a exprimirle enseñanzas a los errores ajenos. Todo dicho como quien habla con idiotas, llenando el discurso de pueriles ejemplos. Su prestigio y la eficacia de su discurso se basaban en lo infalible de su juicio.

"Amorosamente infalible", por supuesto.

Y era tan férrea su vocación que Mario comenzó a comportarse como la oveja descarriada. Cayó en la trampa y no se dio cuenta de cómo ni cuándo, de modo que comenzó a rebelarse desde la posición del niño incomprendido.

Hazme el favor de no volver a llegar en ese estado. La niña no puede ver esos malos ejemplos, le ordenó una noche.

Entonces comprendió que se había fastidiado de ser el niño rebelde de la maestra con la cual se acostaba. A la tercera noche en un hotel, descubrió las bondades de la vida adulta: nadie te manda a cepillar los dientes, nadie contabiliza las cervezas que te has tomado, ni te dice cuándo quitarte la franela con la que te sientes tan cómodo. Sintió deseos de llamar a casa de América, pero sería un desatino hacerlo y que todo estuviera, como quería creer, en perfecto orden. ¿Y si no?, fue la pregunta que Mario se negó a formularse. Volvió la vista a la muchacha que lloraba. La estampa era inolvidable. Era un fresco del desamparo. Ella, los vidrios rotos formando un cerco, la basura regada por todos lados, los borrachos a unos treinta pasos, ajenos a lo que había ocurrido.

Préstame la camisa, se escuchó de pronto. Préstame la camisa que tengo frío, alzó la voz, hablándole a nadie, entre sollozos, sin quitar la mirada de la acera.

Nunca le pasaría algo así, se dijo Mario, mientras volvía a pensar en Gaby. Verse en la calle, desnuda y en ese estado, ella que cierra la puerta para bañarse. Que se viste encerrada en su cuarto y usa conjuntitos para dormir. Que duerme unas noches en casa de su papá, y otras en casa de su mamá.

Préstame tu camisa, repetía la gordita, como si rezara frente al público.

Desde el mismo edificio del cual habían llovido botellas, comenzaron a saltar, como ángeles callejeros, franelas de colores. Una franela roja, otra blanca, una de pijama, otra azul con mangas, fueron aterrizando unas tras otras. Una camiseta blanca y una franela azul de puño blanco cayeron a continuación. Una sudadera negra, con mejor puntería, aterrizó a unos tres pasos de ella. Se arrastró hasta tomarla y se la puso como si estuviera vistiéndose en su cuarto y no frente a decenas de apagadas ventanas. Debía ser de alguien muy corpulento. Se paró y se fue caminando por el sucio de la calle, con esa sudadera que le llegaba hasta los muslos, y le daba a sus brazos sin manos una imagen espectral.

Como aquellos remotos parientes que enfrentaron bisontes, buscó en el cielo algo parecido a una esperanza. Pero en este cielo opaco ese gesto siempre va a resultar inútil. Incluso a pocos segundos de la palabra "Fin".

Encendiendo otro cigarro, Mario volvió al trabajo. Pero no pudo seguir escribiendo. Consuelo quedó congelada en su encuentro con los amantes. La pregunta ¿Cómo carajo sé que Gabriela está en su casa? le saltó encima, sujetándolo con fiereza por el cuello. Sin titubear, llamó a casa de su ex mujer. Sabía que Alfredo se acostaba temprano y que tenía el sueño pesado. También, que era incapaz de expresar frente a su mujer ninguna queja relacionada con el padre de Gabriela. Lo que no sabía era que acababan de instalar un auxiliar en el cuarto matrimonial.

El teléfono repicó más de seis veces.

Aló, se escuchó la cavernosa voz de Alfredo, volviendo torpemente del sueño.

...

Aló, repitió Alfredo, alzando la voz.

Mario mantuvo la mente en blanco durante unos segundos. De pronto recordó el título de una vieja melodía. Una que escuchaba su madre cuando él era niño. Colocando una franela sobre la bocina, susurró:

Sheep may safely grace.

Y, sin esperar la reacción de Alfredo, colgó sin hacer ruido.

3.

Pereira había renunciado a la *Experimental* justo antes de comenzar las vacaciones de diciembre. ¿No pudo escoger un peor momento?, se preguntó el profesor Herrera, quien lo intuyó al verla acercarse a la Coordinación en un inusual y demasiado femenino vestido azul, una cuarta por encima de sus rodillas.

Una oferta que no puedo rechazar, respondió parcamente, siguiendo con la mirada las manos del coordinador, que jugueteaban nerviosamente con un clip. Antes de eso, se había plantado frente a su escritorio y, en siete palabras, le había explicado el motivo de su visita. Sin dejar de juguetear con el clip, el que hasta entonces era su supervisor alzó los hombros con mirada resignada.

Y a Herrera que se lo coman los tiburones, masculló negando con la cabeza.

¿Perdón, profesor?

Nada, profesora. Que le deseo suerte.

Viéndola alejarse por el pasillo, se lamentó al pensar que, tras cinco años de intentarlo, no alcanzaría a descubrir la esquiva orientación sexual de la profesora Pereira.

Pero sí lo sabría. De último, quizá, pero lo sabría.

Ya para entonces todo el liceo, incluyendo la familia de

portuguesas que atendía la cantina, había tenido ocasión de distraerse comentando el hallazgo de una bedel en el baño de las hembras. Y una historia así no tardaría ni una semana en alcanzar el más olvidado rincón de los dos edificios de tres pisos que componían el plantel. Por tanto, y debido a esa *intempestiva oferta* que recibió Pereira, los alumnos de quinto B habían tenido esa hora libre durante las primeras semanas del inicio del segundo lapso. Y, como era de esperarse, no les molestaba.

Enero no es un buen mes para contratar docentes, explicaba Herrera al director, el profesor Salas. Mucho menos de Filosofía. Y aunque siempre le ofrecieran la misma respuesta, todos los días el profesor Salas preguntaba cómo iba la búsqueda. Creo que ya estamos cerca, le respondía Herrera como una forma de decir que no había conseguido nada.

Cuando ya pensaban activar un plan B, apareció el sustituto. Luego de unos apresurados y burocráticos filtros, lo contrataron. El tiempo impedía mayores exigencias. Francisco Castellanos, se llamaba. Un empleo en una organización estatal era la razón de su repentina residencia en Caracas. Venía de un liceo de Maracay, donde había dado clases los últimos diez años. Ya vamos a la cuarta semana sin que los de quinto vean la materia. Les va a costar ponerse al día. Claro, nada que no resuelva un docente con experiencia, ¿no es así?, afirmaba Herrera mientras dejaba al profesor nuevo en su despacho leyendo el reglamento.

De inmediato se dirigió al quinto B y les anunció la buena nueva, obviando la colorida revista que un grupito de varones leía, y que escondieron apenas traspasó la puerta del salón.

Hoy comienzan con el nuevo profesor de Filosofía, anunció.

Caras largas. Silencios. Suspiros. Miradas al techo.

Espérenlo, no se vayan a ir, que viene en breve, acotó el coordinador como si hiciera falta.

Intercambio de miradas. Planes desmantelados.

Está firmando algunas planillas, pero ya se incorpora. Se llama Francisco Castellanos y es un docente de dilatada trayectoria, así que espero que sepan aprovecharlo, concluyó Herrera la mala noticia.

Los chicos redoblaron las caras largas, los suspiros.

(Karla y Gabriela, no. Las muchachas en general, no. Cuando se enteraron de que la vacante de Pereira la cubriría un hombre, se entusiasmaron especulando acerca de su aspecto. Ya todos los veredictos habían sido emitidos. García, el de matemáticas, estaba reprobado de plano. Sobre otros nunca hubo unanimidad. Sólo el de Geografía Económica, Álvaro Hernández, iba eximido. Ahora le tocaría el turno al nuevo. Y, por supuesto, no se reprimieron de dar inicio a sus ensoñaciones, ofreciendo cada una el estereotipo que más dibujaba sus fantasías.)

Tras culminar sus palabras ofreciendo disculpas por el retraso en esa materia, el coordinador salió del aula y se perdió por el pasillo. La tiza dibujada en los codos de su saco delataba un viejo hábito y una remota fusión de materiales.

Karla vivía con la mamá y no llegó a conocer a su padre. Solía inventar las historias más extravagantes para explicar esa ausencia.

Vivir con la mamá era hacerlo con una hermana mayor, caprichosa y bravucona. Se había hecho amiga de Gabriela ese año. En cuarto habían estudiado juntas, pero casi no se trataban. En quinto no inscribieron a Anelisa, por lo que se acercó al grupo de Gabriela. Anelisa fue un largo tema en el Consejo de Profesores, el cual tardó inusualmente en tomar una decisión. Al final prevaleció cierto prejuicio. Si se queda va a ser un antecedente negativo, fue la opinión mayoritaria. Una opinión casi unánime. Casi. No todos los profesores que habían sucumbido a las ofensivas de la chica tuvieron el cinismo de condenarla. Algunos, aún turbados, prefirieron abstenerse. Salvaron su voto, queriendo salvar su reputación. Decidieron, entonces, no permitir su inscripción para el año siguiente.

Pero era mejor decir que ese año no la inscribieron.

Luego de su salida, la inseparable amiguita de la expulsada estuvo un tiempo en período de observación, pero se supo camuflar en el lote de las chicas *buenas* del curso. Y haciéndose amiga de Gabriela, considerada una alumna brillante, logró quitarse la imagen que tenía ante los profesores. Además, Gaby gozaba de la aureola de ser la hija de Mario Ramírez, un conocido guionista de televisión, que a veces salía en los periódicos y hasta llegaron a entrevistarlo en un programa matutino. Era, por tanto, el padre más célebre del salón. Y aunque nunca iba a las reuniones de padres y representantes, su celebridad convertía a Gaby en una chica cotizada entre sus compañeras de clases.

No por ella, claro; ni por el padre. Por la televisión.

A los cinco minutos, un hombre de unos cuarenticinco,

cuarentiocho años, con cara grave, saco tejido y pantalón azul, atravesó la puerta del aula. Llevaba un maletín negro tan sobrio como él. Los lentes y el cabello gris acentuaban su aspecto cansado. Asomó un timbre de voz que denotaba costumbre de hablar ante un auditorio, cuando exclamó su parco *jóvenes, buenos días*.

Inspeccionó brevemente el grupo con un barrido de la mirada y, sin excesivas cortesías aunque sin aspereza, explicó su plan de trabajo. Advirtió que las semanas de atraso supondrían concisión y eficiencia en ciertos objetivos y, sin más, luego de preguntar si había alguna duda en cuanto al cronograma, pidió atención e inició su clase.

El ejercicio de la docencia va dando ciertos trucos que permiten sobrellevar la apatía de los adolescentes. Castellanos los conocía y manejaba con destreza. Cerca de veinte años de ejercicio profesional le agenciaron un catálogo de situaciones. Había logrado el método para que la filosofía pudiese ser tema de interés en individuos de entre quince y diecisiete años, con el característico déficit de atención de esa edad, y el característico desbordamiento hormonal.

Eso era suficiente mérito.

A pesar de su aspecto cansado, el timbre de su voz era agradable. Aunque lograba atraer de manera satisfactoria la atención de los muchachos, sacándolos por un instante de las carencias de sus vidas cotidianas, no se esperaba la mirada de la chica del tercer puesto de la primera columna, sentada detrás de una morena de mirada inteligente. Usualmente le gustaba cuando encontraba algún alumno que mostrara avidez por aprender. Lo usaba como puente para conectarse con el resto de la clase. Pero lo de esa niña lo estaba perturbando. La intensidad de su mirada de ojos pequeños y oscuros lo hacía volver la vista hacia ella, en contra de su voluntad, como rendido ante sus exigencias. La curiosidad dio paso a una inquietud. La inquietud amenazaba con una inminente pérdida del hilo del discurso. Era de las cosas que más temía en el curso de una primera clase. Casi veinte años de docencia lo habían preparado para todo, menos para esa mirada intemperante y menuda.

A pesar de la década anterior, a pesar de la liberación femenina y las quemas públicas de pirámides de sostenes, las cosas no habían cambiado tanto como para que Karla no entendiera que el poder seguía estando en manos de los hombres. Y no necesitaba leer el periódico ni aburrirse con los noticieros para saber que policías, presidentes, militares, profesores, delincuentes, los que deciden a quién mojan y a quién no durante los días de Carnaval; todos pertenecían al mismo sexo: el masculino. Y ella se sentía suficientemente desamparada al lado de esa hermana caprichosa y arbitraria que era Raquel como para no saber dónde buscar atención y cobijo.

Por eso sentía esa necesidad, a veces inconsciente, de despertar el interés de los hombres. Con su atención venían los salvoconductos y la seguridad de un *juicio justo*. O benevolente. Ella no lo sabía con palabras, pero sabía que la mujer que controlaba a los hombres se cuidaba mejor de las otras mujeres, con frecuencia peligrosas y malignas.

Gabriela escuchaba al profesor nuevo (que le había parecido interesante pero no atractivo, y así lo diría cuando cotejaran sus veredictos) hablar de los griegos y del origen de la palabra filosofía, y notó cómo en un par de ocasiones estuvo a punto de perder el hilo de lo que hablaba. De pronto, se detuvo bruscamente y dirigiéndose a Karla, que estaba detrás de ella, le preguntó, casi con brusquedad, señalándola con el dedo índice:

¿Tú ibas a preguntar algo?

Toda la atención de la clase, que había permanecido absorta viéndolo a él (o fingiendo atención), se volvió hacia la muchacha ubicada en el tercer pupitre de la primera columna. Ella, al saberse el repentino centro de atención, miró en torno como si acabara de despertar.

Esperando alguna pregunta intrascendente, que le serviría para neutralizarla, Castellanos se mantuvo espesando un silencio que jugaría a favor suyo.

¿Yo?, preguntó Karla, alzando las cejas e intentando ocultar su turbación. No sabía que, por haberse quedado pensando en el asunto de la autoridad mientras seguía fijamente el movimiento de los labios de ese hombre con aspecto de señor cansado, sin escuchar las cosas que recitaba con rítmica gravedad, había logrado incomodarlo. Ni que el hombre (la autoridad, el poder) le haría sentir su fuerza, tratando de humillarla.

Sí, tú, le replicó el profesor, con gesto arrogante. ¿Ibas a preguntar algo?

Luego de un silencio risueño, sólo se le ocurrió decir, encogiéndose de hombros:

Bueno... sí... yo me estaba preguntando... ¿Usted es feliz con lo que hace?

4.

Los comentarios de Raquel no la disuadían en lo más mínimo de montarse al día siguiente en la bicicleta. Tampoco le ayudaban a resolver el dilema de las noches en vela, en las que se debatía entre tocar o no bajo las sábanas. Ni evitaban que triunfara la tentación. Había llegado a emparentarse con esa palabra, viciosa y enajenante, que se corporizó en ella sin letras: Tentación. Había descubierto, con ella, su escasa fuerza de voluntad. En las tardes, incluso en época de clases, luego de un par de rápidas vueltas, era inevitable el siguiente paso. Y, bajo la regadera, el dedito bajando por el cuerpo que se edificaba con la misma prisa de las estaciones del metro. Y *el sitio* atravesándose en el camino del dedo ansioso. El botoncito que le cambiaba la vida, una vez más, para siempre, todas las tardes.

Y junto al botón y el espejo y el cuerpo que se modificaba a cada momento, había descubierto otras distracciones. Deslizar un pie por el otro, indefinidamente, mientras pescaba nuevas emisoras FM. Acariciarse las caderas con las yemas de sus dedos, acostada en su cama, leyendo algún libro de los que la mamá le ocultaba forrando la portada con retazos de revistas. O probarse todas sus pantaletas y trajes de baño, posando frente al espejo, maquillada a escondidas de su mamá. Y todo eso, encerrada en su cuarto, tardes enteras. Y Raquel, de cuando en cuando, riñéndola por ello, a través de la puerta, desde el otro lado del mundo.

Y, lo dijese o no Raquel, la bicicleta le estaba poniendo las piernas duras.

En ese entonces, a pesar de esos comentarios cada vez más capciosos, y a pesar del abismo de sus recientes secretos, Karla aún la pasaba bien en compañía de su madre.

Al menos así fue entre los nueve y los doce años. Entonces era más amorosa. O más juguetona. Raquel era muy joven. Una flaca blanca y pecosa con eterna cara de niñita. Una cara que cuando pretendía reprender, parecía una amiguita peleona, con boca apretada y ceño fruncido. En esos años podían jugar ludo, o *sieteymedio*, hasta las doce de la noche, tomando limonada y comiendo galletas en la sala, escuchando música a volumen adolescente.

Sobre todo los viernes, los días más esperados por Karla.

Y aunque a veces lloraba sin razones aparentes y eso asustaba a la niña, Raquel era divertida. Siempre estaba inventando cosas qué hacer. Cuando era más pequeña la disfrazaba y le tomaba fotos. Guardaba en cajas de zapatos decenas de fotos de Karla como reina, gitana, odalisca. La disfrazaba y se reía y aplaudía cuando lograba resolver cómo hacer la corona de la reina, las alas del hada madrina, la varita de la bruja del bosque, las sombrías ojeras de la mujer vampiro...

Eso era, claro, cuando no tenía novio. Cuando tenía se comportaba distinta. Como si esos juegos que tanto divertían a las dos de pronto perdieran encanto para la mamá. Entonces vivía mandándola a ver televisión a su cuarto.

Cuando el novio desaparecía de su vida, que ocurría más temprano que tarde, pasaba unas dos semanas de mal humor, para luego volver a ser la misma.

Karla había aprendido a llevarla así.

En una de esas épocas en que la mamá salía con alguien, fue cuando descubrió la bicicleta. Tenía casi once años y era cuando más necesitaba confiarle cosas a su mamá. Como los pelitos que estaban saliéndole debajo del vientre. O preguntarle por qué le dolían tanto las tetillas. O que le explicara mejor eso de la regla. A falta de Raquel, comenzó a leer en libros. Y a explorar por su cuenta. Al año siguiente hizo el descubrimiento que le permitió pasar la longitud de las tardes en la soledad de su cuarto.

Y aunque llegó el momento de que Raquel terminara con el novio (de ese no recuerda el nombre, pero no olvida el olor a chocolate de su chaqueta de cuero), Karla sintió entonces más necesidad de estar sola, de pasar más tiempo en su cuarto. En esa distancia que comenzó a asomarse entre ellas se inició también una callada desconfianza, un asombro de parte y parte. En el caso de Karla era por esos cambios que su cuerpo no se cansaba de producir. Tanto, que en un momento sintió que cohabitaba con dos extrañas: Con Raquel, que se volvía cada vez más impenetrable; y con la chica del espejo, que le causaba escozor en el pecho de sólo verla desnuda frente a sí. Aunque a ella le gustaba lo que veía, sentía que por culpa de ese cuerpo dejaba atrás eso que a Raquel le despertaba ternura. Que se exponía ahora a la vida, con una Raquel distinta y una Karla distinta.

Y ella por dentro, asustada, en el medio.

En ese paso de una categoría a otra, la mamá endurecía cada vez más su trato hacia ella. Tuvo que aprender a defenderse de esa Raquel que ya no veía frente a sí a una niña a quien mimar. De esa Raquel hostil pero también de esa Karla hostil que ya no comprendía, que veía dificultades que antes no existían. Y era el calor y la rabia y la euforia y las preguntas. Y el desasosiego. Y el deseo de llorar de desesperación porque no entendía nada. Y era, por último y por fortuna, el botoncito que devolvía el sosiego, ya sin remordimientos ni temores.

Esos años pasaron como pasa un huracán por el Caribe. Desde que las viejas Cristina y Sarah decidieron no hablarle más, no hubo una época que no tropezara con sorpresas. A falta de otros viajes, viajaba a través de sus emociones. En dos años, el cuerpo de esa flaquita con dos globitos en el pecho siguió llenándose y moldeándose. Ahora no sólo le excitaba verse el vello púbico. Darse la vuelta y ver por el espejo la forma de sus nalgas, de su espalda curva; sentir su cabello rozándole el cuello, le crispaban la piel. Y todo lo que estaba dentro.

Pero ya no se asustaba.

Había tenido un par de novios, pero con ellos se mostraba tímida, retraída. Nunca permitiría que nadie la tocara como ella lo hacía. La sola idea la escandalizaba. Ese era su delicioso secreto. Ningún muchacho sabría jamás todas las cosas que ella podía sentir, ni conocer sus escondites. Se cuidaba mucho de eso, porque sólo así mantendría el control. Eso se lo juraba en las noches cuando, acostada en su cama, repasaba los primeros besos que se permitió recibir. No conforme con todos los cambios que ella (por fuera, por dentro) seguía manifestando, al terminar el tercer año, entrando julio, Raquel le anunció que debían mudarse. La casa en la que había crecido, la calle en la que montaba bicicleta, la acera en la que se sentaba descalza con su mamá las tardes de los viernes, o comiendo helados los sábados, el cuarto en el que peinaba a Sarah y a Cristina, y en el que luego descubriría tantas novedades, todo eso desaparecería de sus vidas para siempre.

Raquel le explicó que debían entregar la casa, porque los dueños la iban a vender y ellas no podían comprarla, y que Fernando, el novio de turno de su mamá, la estaba ayudando a conseguir un apartamento. ¿Pero todo lo tiene que hacer Fernando?, quiso preguntar Karla, pero supuso que no era prudente.

Entonces tenía cerca de catorce años, una madre que se le volvía extraña y un conocimiento casi absoluto de cada rincón de su cuerpo.

Como el apartamento era muy pequeño y la zona muy congestionada, Raquel se empeñó en vender la bicicleta. No concebía que la niña pedaleara por esa avenida tan transitada. No hubo súplica que le quitara esa idea de la cabeza.

Yo te pago una academia de Jazz, le animaba Raquel a una desconsolada Karla. No seas boba, ¿vas a llorar por una bicicleta?

¿Y si me compras una estática?, preguntaba Karla entre lágrimas.

5.

Castellanos se dirigía a la coordinación a entregar las carpetas, y no pudo evitar la tentación de abrir la del 5to. B y recorrer la lista con la mirada hasta detenerse en un nombre. *Maldonado, Karla, Nº 23*. Tampoco pudo evitar la sonrisa que le provocó pensar en el incidente que protagonizaron.

Un primer día curioso, concluyó. En tantos años de ejercicio docente nunca se había sentido atraído por una alumna. Nunca más allá de lo manejable. Es común que de esos prototipos de mujer apareciesen de cuando en cuando diseños curiosos, excepcionales. Encantadores, pero inacabados. Por lo general le despertaban una mezcla de impaciencia y compasión. Con el paso del tiempo había llegado a entender lo suficiente a las personas de esa edad. Usualmente, la búsqueda de todos, de cada uno a su manera, era de atención. De atención y afecto.

Pero no todos sabían buscar esa atención, y solían fracasar en la búsqueda del afecto. Solían ser muy ansiosos para ser efectivos. Pero lo de esa chica, Karla, y lo de la amiguita, la morena sentada en el pupitre anterior, la que volvió el rostro con el mismo estupor que debió haber mostrado él luego de su inesperada pregunta, no se podía resolver con la explicación de la atracción física.

Volvió a sonreír y sintió simpatía por ambas. La morena —¿Gabriela, se llamaba?— había sonreído bonito luego que él reaccionó. Los primeros incidentes suelen marcar las relaciones de los profesores con los grupos de clases.

¿Qué tal su primer día, profesor?, preguntó el coordinador, que le pareció un tipo simpático, aunque nervioso.

El profesor Herrera era un gordito bajito de lentes y bigotes anticuados. Tenía aspecto bonachón y franco, como si algo de la infancia se hubiese negado a abandonarlo, a pesar de las canas prematuras y las pronunciadas arrugas de la frente. La primera impresión era la de un tipo serio, pero tenía un sentido del humor que rayaba en lo sarcástico. Solía tener las manos ocupadas, jugueteando con algún objeto del escritorio. La víctima de turno era el sacagrapas, que hacía saltar al cerrarlo y soltarlo bruscamente.

Los adolescentes son los mismos en todas partes y en todas las épocas. Sólo buscan impresionar, respondió Castellanos tratando de calmar la ansiedad del profesor Herrera.

Quiero creer que le fue bien, comentó Herrera dentro de una risita apretada.

Descuide, profesor. Todos piden atención, sólo hay que dosificársela.

Luego de colocar la firma en su línea, dando por concluida su primera jornada en la *Experimental*, se dirigió a la salida, esquivando los grupos de muchachos que salían de todos los rincones.

El que no está acostumbrado a caminar dentro de un recinto que encierra a cientos de adolescentes, puede llegar a sentirse intimidado. Agresivos, imprevistos, la falta de temple en esa fachada que perdió el aire infantil, es un todo que produce una sensación similar a la que siente quien ha visitado un manicomio.

Librándose de su primer día de trabajo, concluyó que el balance había sido positivo. Karla Maldonado, se dijo sin darse cuenta y volvió a sonreír, sintiéndose orgulloso de cómo había manejado la situación. Si alguna conclusión podía sacar del 5to. B era que, particularmente a ella, debía tratarla con consideraciones de adulto si quería tenerla de su lado. Y algo le decía que era mejor hacerlo.

El grupito de muchachas se dirigía hacia la salida del liceo. A petición de Andreína habían pasado antes por la cantina. Y por el baño. Ese era un hábito que exasperaba a los varones. Hasta al baño iban en grupo. ¿Cómo acercárseles si nunca están solas?, se preguntaban con desaliento.

Caminaban en silencio, indiferentes al estruendo que les rodeaba. A veces, algún profesor atravesaba el patio caminando con prisa, con la cabeza baja, como temeroso de que repararan en su presencia. De pronto una de ellas, Charito, exclamó:

¡Chama! ¿Tú eres loca? ¿De dónde te salió eso?

¡Sí, el viejo puso una cara...!, agregó Andreína, recordando al momento el asunto con el profesor de Filosofía. Todas conocían la fama de traviesa de Karla, heredada de su amistad con Anelisa. Estaban convencidas de que con ella en su grupo, ese iba a ser un año de buenas historias. Y en primera fila.

La semana siguiente había exposición de Geografía Económica, y aunque no todas estaban en el mismo equipo, se pusieron de acuerdo para ir juntas a la biblioteca pública. Ninguna quería quedar mal con ese profesor. Aunque luego balbucearan, intimidadas, intentando responder las preguntas que él hacía con esa mirada malintencionada que les alborotaba las hormonas.

Caminaban en silencio pensando en sus cotidianidades; en que estaba gorda una; en que no tenía ropa para la fiesta del viernes la otra; hasta que Charito tocó el tema. Todas se alegraron de tener algo de qué hablar mientras llegaban al Metro. Todas menos Karla, que se mantenía en silencio, con una sonrisa esquiva, como el héroe que sale ileso de una aventura peligrosa y aún se pregunta cómo es que sigue vivo.

Comentaban, riéndose, de la cara que tenía Castellanos y de cómo tardó unos segundos en recuperarse, luego de la pregunta de Karla.

Aunque a mí me gustó lo que respondió él, comentó Gabriela, que solía valorar las respuestas sagaces. Era algo que había aprendido de Mario, por quien sentía una inocultable admiración. Desmedida, para los patrones de su madre, divorciada y vuelta a casar.

¿Qué fue lo que le dijo?, que no escuché por estar aguantando las ganas de reírme, preguntó Andreína.

Gabriela, con mirada brillante, tratando de imitar la voz pausada y grave del profesor, dijo:

¡Ah, empezamos bien! El que se hace preguntas ya está filosofando.

¡Eso, filósofa!, le dijo Andreína a Karla, dándole un empujoncito por la espalda.

¿Y qué fue lo que te dijo cuando iba saliendo?, quiso saber Gabriela.

Karla acentuó su enigmática sonrisa, e intentando también imitar el timbre del profesor, repitió sus palabras:

Tengo una colega en este salón. Este va a ser un buen año.

A Karla le había gustado el incidente. De hecho, se sentía satisfecha de haberse hecho de la atención del *filósofo*, como lo llamaría en adelante. Y había sido un triunfo inesperado, porque al principio creyó que se había ganado su aversión, dada la dureza con que la interpeló. Pero la situación le había resultado favorable. Y le encantó, más que la respuesta, el tono, la mirada con que le había hablado. De hecho, celebraba en privado esas situaciones. Le gustaba que la trataran como a una persona, y no como una niña estúpida. Los adultos se demuestran un respeto tácito que jamás ofrecen a los adolescentes. Por eso a ella le gustaba que le temiesen un poco.

Y si podía sentir que alguien iba a entender cómo se sentía en ese momento, ese alguien era Gaby. A Karla le encantaba hablar con ella. Admiraba cómo parecía tener facilidad para ordenarlo todo: las ideas, los apuntes, las palabras; a diferencia de sí misma, que era un caos. Que ignoraba cómo iba a ser el resultado al intentar librarse de un aprieto, sean exámenes, regaños, expulsiones, chicos apresurados. Si alguien le hubiese preguntado si se consideraba inteligente, ella de seguro habría respondido que *no particularmente. Inteligente es Gabriela*, como le comentó con franqueza en una ocasión a Mario, cuando lo conoció un par de meses atrás. No era inteligencia el nombre que ella le daba a ese algo que la hacía salirse siempre con la suya, salir bien librada de los momentos difíciles, escaparse de los castigos, ponerse a salvo (como no lo supo hacer Anelisa) de las ansiedades masculinas.

Y aunque no podía darle ese nombre, sí sabía, en cambio, que eso que no sabía cómo llamar, pero que siempre le permitía salirse con la suya, lo manejaba cada vez con mayor eficacia. Se maravillaba de lo fácil que se le hacía, cada vez más, señalar y alcanzar; querer y obtener; pedir y recibir. Pero ese mismo *algo* le decía que mantuviera esa victoria en secreto. Las otras chicas no le perdonarían el saber que siempre competirían en desventaja con ella.

Aunque no era en las otras chicas en quién pensaba Karla cuando sonreía, satisfecha, de saber que se estaba haciendo de un arma que le permitiría derrotar a cualquier contrincante.

6.

Hacía tiempo que Cristina y Sarah habían sido desterradas de ese cielo de té y tertulias vespertinas, entre almohadas, sobre la cama de la niña. De allí fueron enviadas a un clavo en la pared, envueltas en una funda de celofán (para que no se llenaran de polvo, les juró en una de sus últimas conversaciones). Cuando le tocó decorar el cuarto del apartamento de la Fuerzas Armadas, terminaron en una caja con el rótulo "cosas por revisar". Caja que no volvió a abrir, y que fue a parar a la parte alta de su closet.

Cuando aún bebían el té juntas, encerradas en el cuarto, a Karla le encantaba escandalizarlas con sus francas impresiones de los amigos y vecinos que visitaban la casa verde agua de la muchacha que vivía sola con la niña.

Como toda mujer que vive sola, Raquel entendió que no todo lo podía hacer ella en persona. Hay que saber delegar, decía con picardía, mientras el vecino de turno se iba luego de haber realizado la tarea que ella le había encomendado. Por ejemplo: Raquel no iba a poner el vidrio que se les rompió una vez, en el ventanal de la sala, ¿verdad? Lo puso el señor Miguel, que era el vecino de la casa del frente. Los bombillos los cambiaba el señor Raúl, un viejo gordo cuya esposa había quedado ciega hacía como diez años. Y aunque no podía ver lo solícito que era, nunca dejó de parecerle sospechosa la paternal actitud de su esposo para con la muchacha de la casa del fondo de la calle. Así como tampoco dejó de parecerle extraño que esa descripción (una gordita hombruna con la cara manchada) no concordara con la voz de la vecinita.

Tampoco iba a cambiar las bombonas de gas, con lo pesado y engorroso que resulta instalarlas. Además, eso de lidiar con metales maltrata las manos. Para eso estaba Ernesto, el moreno del abasto que le regalaba caramelos a Karla. La niña entendía estos obsequios como un buen comienzo en eso de lograr la debida atención masculina. Y la mirada de Raquel le hacía entender que iba bien encaminada en eso de ejercitar el porte y la equilibrada mezcla de sonrisas con indiferencia.

Cristina y Sarah aprobaban las reflexiones de la amiguita, que era a su vez una graciosa reducción a escala (o una caricatura), de los razonamientos y gestos que empleaba Raquel cuando pontificaba sus lecciones de vida.

A Karla le encantaban los vecinos adultos que nunca faltaban en la casa. Cuando algún vecino las visitaba, sobre todo en las noches, ella sentía que la casa adquiría un ambiente de celebración. Veía a Raquel ocurrente y presta a la risa, y eso siempre era agradable. Además, los señores siempre decían cosas interesantes, a juzgar por la cara de interés que mostraba Raquel cuando los escuchaba, elogiando sus *genialidades*. Así decía Raquel: genialidades. A Karla le resultaba interesante la palabra. O de personas interesantes. Por eso se esmeraba en usarla siempre que podía.

Y aprendió a disfrutar las *genialidades*, primero, y a competir con Raquel por la atención de los invitados de turno, después, haciendo uso de sus propias *genialidades*. Encontró una relación directa entre sus destacados números y las tortas y dulces que le llevaban. Más adelante aprendería a ventilar, en el momento preciso, cualquier problema que hubiese entre ellas, para lograr que ellos (el poder) intercedieran por ella ante Raquel. Y, sería tal su precocidad y talento, que Raquel quedaba tan ¿desconcertada?, ¿orgullosa de la pupila?, que no la reñía cuando la visita se marchaba.

Y como en la sala de ellas nunca faltaba compañía masculina, le sobraron ocasiones para poner en práctica sus artes. Le gustaba treparse a las piernas del visitante masculino de turno para que le dijera cosas bonitas, le acariciara el pelo, la mimara. Raquel era una amiguita grande, la mayor de las amiguitas, pero no era dada a los mimos. Siempre la invitaba a jugar algo, pero nunca le decía lo hermosa que era.

Los vecinos sí.

Quizá era por eso que Karla se descubrió una tarde pensando en sus vecinos mayores. Más adelante le daría por enrollar una almohada debajo de ella, sentada a caballo sobre la cama y la almohada, frente al espejo, dejando que su mente divagara. Mientras más se permitía esos juegos, peor se sentía cuando volvía de esos mares revueltos donde iba a parar cuando cerraba los ojos, y por su mente desfilaban las caras, las manos fuertes, las voces graves, las canas, las colonias, las barbas de los vecinos y amigos de Raquel, señores mayores todos. Voces que, incluso cuando hacían chistes, exhibían esa fuerte sonoridad masculina llamada autoridad. Veía pedazos de ellos y sus voces diciéndole: mi niña linda.... ven a mis piernas, bebita... Ah, pero llegó la más bella... Regálame un besito, princesa... Cierra los ojos para darte lo que te traje... Esto es para la más hermosa... Y aunque al principio fuese inconsciente, despertaba de pronto, escandalizada, en medio de ese mar de voces y fragmentos masculinos, mareada, columpiándose sobre la almohada, crispada y ansiosa.

La almohada perdió su poder pero un día descubrió la bicicleta. Y se convirtió en su pasatiempo favorito. Daba vueltas por la manzana y volvía a bañarse y a echarse en su cama, satisfecha, cansada. Dormía hasta dos y tres horas. Raquel, al principio, decía que era por cansancio. En eso estuvo hasta el año anterior, cuando entró en diversificado, que se mudaron al edificio de la Fuerzas Armadas y vendieron la bicicleta. Raquel entonces le argumentó que las bicicletas estáticas eran muy caras para su presupuesto, y tradujo como una malcriadez la negativa de la niña a inscribirse en una academia de jazz.

El italiano, como le llamaba Karla, era en realidad portugués. Vendía carros y siempre tenía dinero. Por supuesto, lo gastaba con la misma facilidad que lo producía. Karla supo pocas cosas de él. Como por ejemplo que se quedó en varias ocasiones en la cama de Raquel. Tanto rondar la casa era porque se había percatado de que la muchacha que vivía con la niña no tenía marido. Y supuso que ganándose a la niña se ganaba a la muchacha con cara de tonta. Luego de cuatro o cinco noches de visita en la cual la niña fue vencida por el sueño, él desapareció con la misma alegría con la que había llegado, silbando, mientras pasaba frente a la casa verde agua.

William llegó a la casa de la mano de José Gregorio. Junto a Teresa y Raquel se comenzaron a reunir en la casa de ésta, todos los viernes. Al principio sólo tomaban café. Luego, comenzaron a aparecerse con botellas de vino. Un día se acabó el vino y fueron a buscar una botella de ron. Al principio Raquel se mostraba halagada de que la nena se robara la atención del público, y de que la lisonjearan y la atendieran tanto. Con el tiempo se fastidió de eso, porque siempre la mandaba a su cuarto o a ver televisión. Cuando Karla lograba subirse a las piernas de uno de los dos, ya no era tan fácil para Raquel deshacerse de ella. Menos si ya estaban achispados.

Algo pasó entre ellos, un cruce mal calculado, un gesto fuera de lugar. Un cortocircuito invisible provocó que poco a poco dejaran de frecuentarse. El primero en desaparecer fue William. José Gregorio y Teresa irían espaciando más y más sus visitas. En el caso de estos últimos era obvio: la forma más riesgosa de la geometría del amor era el triángulo. Prefirieron, entonces, evitarla.

Durante un tiempo Raquel seguía preparando la casa para la visita. Unas tres horas después de esperar en vano, se acostaba malhumorada, con la botella a medio consumir. Con el tiempo dejaría de hacerlo.

La mudanza al apartamento marcó la definitiva ruptura entre ellas dos. Es decir, lo pequeño del apartamento les hizo entender que definitivamente se resultaban antipáticas, que Karla se estaba haciendo mujer, y que dos mujeres semejantes no podían tener una edulcorada relación de amistad en un espacio tan pequeño. Luego de haber extraviado el lenguaje de sus muñecas varios años atrás, descubrió que debía buscar *algo* fuera de la casa. Algo que no sabía que era, pero que debía encontrar para seguir respirando en un mundo cada vez más complicado y agreste.

7.

El bus baja con pesada calma por la Baralt, rumbo a Quinta Crespo. Son cerca de las doce del mediodía. En cada esquina intenta aparcarse, peleando un espacio con otros destartalados armatostes. Parecen búfalos intentando entrar por una puerta muy angosta. O queriendo abrevar en un charco muy pequeño. Búfalos viejos en los que no cabe la vehemencia.

Mario tomó el bus en la esquina de Llaguno. A veces prefiere tomar un bus que usar su carro. Sobre todo para bajar al canal. Le permite observar distraído por la ventana, como el espectador de una película surrealista. Ese es el paisaje volcánico que alimenta sus personajes. El que los hace hablar como hablan. El que los pone a querer y a odiar a esa temperatura, a ese ritmo.

Dentro del bus, una morena delgada de pechitos altivos, con los hombros descubiertos, va ajena al tumulto y al calor, acompañada de dos muletas apoyadas a la ventana. De su faldita corta plisada sale una sola pierna. Una sola torneada y hermosa pierna. Su mirada ni siquiera se muestra a la defensiva. Acaso mira fijo al frente, acaso luce aislada del entorno. Más atrás, otra chica cede el puesto a una viejita que logra encaramarse al bus, casi en movimiento. Lleva consigo unos libros voluminosos y pesados (probablemente estudiante del Pedagógico o de la Santa María). Al ponerse de pie, invita a los compañeros de agobio a echar un ojo en su intimidad: La liga de una pantaleta azul cielo saluda y alegra a los sudorosos pasajeros de la parte trasera, entre los que se encuentra Mario tomando nota mental de todo lo que le rodea. Al fondo, dos asientos detrás de él, una mujer (que, en abstracto, podría verse atractiva) golpea salvajemente a un chico uniformado que gime, sin pudor, ante la humillante andanada de palos. En el ambiente se siente el deseo de vengar al chico. Todos los hombres del bus son ese hombre que llora y padece el maltrato. Pero no da tiempo. Se baja arrastrando al niñito, y pronto la olvidan. Del bus se baja el vendedor de chicle y se monta el de caramelos. Se baja el de caramelos y se monta el de lápices. Se baja el de lápices y se monta el de estampitas. Como pueden, los pasajeros se bajan de los buses, atentos a las motos que sienten que basta la corneta para avanzar a toda velocidad por el reducido espacio que queda entre la masa de hormigas agitadas y los otros buses que intentan aparcarse. La vida y la muerte se abrazan y se sueltan en cada pedacito de esa locura.

En tanto se acercan a Quinta Crespo, comienzan a aparecer los verduleros que montan sus tarantines en la acera. Del otro lado de la avenida, en las zapaterías y tiendas de ropa barata, se alinean las vendedoras repitiendo su insípida invitación a comprar. Más allá, en una *macumba* que vende hasta animales para sacrificios, un letrero promete quitar del medio al intruso del corazón, al tercero en discordia. En la esquina, un viejito diminuto se distrae disparando obscenidades a las muchachas que pasan y lo esquivan. Son tan diestras en eso. Y tan meticulosas, las caraqueñas. Sin perder la elegancia ni el paso. Y esquivan a los otros tipos, y a los verduleros, y a los charcos, y a los ciegos que venden cualquier cosa, y a los policías que son más obscenos aún, y a las motos, y a las carruchas que llevan cajas de zapatos de una tienda a otra, y a las trinitarias inmensas que venden dulces criollos.

Llegando a Quinta Crespo, la chica de la pierna hermosa solicita la parada con voz de niña a punto de dejar de serlo. Con pericia extraordinaria toma las muletas, las acomoda bajo sus axilas, extrae dinero de su cartera y paga. Espera su vuelto y desciende los angostos e inclinados escalones hasta ganar la acera, adentrándose en una calle lateral. Con cada paso que se aleja, sus tendones dibujan la firmeza de perfectas líneas de su hermosa pierna.

Mario, sentado hacia el fondo del bus, lo observa todo por su ventana con obsesivo interés. De manera insólita sonríe de cuando en cuando, divertido, en medio de la sopa humana. Vergación, si lo que falta es el cilantro, dice un maracucho distribuyéndose el sudor por toda la frente con un pañuelo empapado.

Mario se ocupa en registrar cada detalle, guardándolo celosamente en su cabeza. Ya a punto de llegar al canal y dejar atrás ese ceñido infierno de doce cuadras, saca una libretita de notas y apunta, apresurado, que "las chicas caraqueñas no sudan ni ajan su ropa ni estropean su maquillaje cuando atraviesan, bailando sus caderas, las desafinadas calles de la Baralt".

8.

Su semblante, dependiendo de la luz, del ángulo de encuadre, del estado de ánimo imperante, es a ratos tosco, a ratos atractivo. Podía pasar, sin mayor aviso, de un rostro capaz de iluminarse con atisbos de una lucidez repentina, a esos agrios gestos heredados de los fracasos de su madre, que fueron heredados a su vez de la suya. Y aquellos atisbos de lucidez le servían para esbozar su teoría del poder. Haber observado tantos hombres que visitaban la casa, vivir sola con una Raquel cada vez más temperamental, sentir el peso de ese universo en movimiento, la hizo tomar cartas en el asunto apenas percibió los peligros de un mundo de fuerzas mal distribuidas.

«Los hombres son el poder. Pero son más frágiles de lo que aparentan. Por tanto, se pueden manejar sin demasiada dificultad». Éste pudo ser un silogismo de su libro de batalla. Pero esos axiomas los tenía almacenados en un lugar de su mente, escritos en códigos intraducibles e inexplicables. Una sonrisa amplia, generosa, con esa cara de niña, los gestos más pueriles, ligeramente torpes, acompañados de ademanes desvalidos, formaban un todo que golpeaba al poder en el mismo centro de su fuerza. Fingir dificultad para abrir una lata de refresco, cuidando de no maltratarse un dedo, era uno de sus números dilectos, o chuparse ese dedo con gesto de dolor, luego de haberlo intentado, si la víctima no reaccionaba a la primera escena. Ella lo fue aprendiendo y lo fue perfeccionando. «Al poder había que demostrarle poder», pudo haber sido otro de sus axiomas. Y como sabía eso, como lo había descubierto, aprendió también a contradecirlo para medir sus fuerzas. Y se convirtió en un mecanismo automático. Era frecuente que ella dijese no, tan sólo porque un representante del poder hubiese dicho sí. O decir yo sí quiero cuando se esperaba que dijese que no. Por eso tomaba las decisiones que juzgaba como las más inesperadas. Quien intente someter a alguien tan adorablemente frágil siempre tendrá al público en contra. Era una combinación demoledora.

Hacía menos de un año que Fernando se había ido de la casa. Había terminado viviendo con ellas tras el asunto de la mudanza. Raquel no aprende, decía Karla como si los papeles se hubieran invertido, reprochando a su madre que siempre dejaba todo en manos del novio de turno, haciendo siempre lo que él decía, para terminar llorando y maldiciendo a los hombres. Y volver a apostarlo todo a otro que no fuese en nada distinto al anterior.

Karla estaba dispuesta a tenerle paciencia. Después de todo, razonaba, su mamá era joven. ¡Pero era tan desacertada para escoger! Hubiese intentado entenderse con Fernando si no fuese porque nunca terminó de percibir el significado de ciertas frases de él, ni de ciertas miradas. Ni de ciertos contactos físicos que ella catalogaba como "caricias casuales". Aunque en honor a la precisión, no llegaban a serlo. Eran tan breves pero tan injustificados, que su violencia radicaba en su inquietante ambigüedad.

De hecho, con Fernando aprendió a pulir todas las sentencias de su libro de batalla. Había aprendido, por ejemplo, que una mirada o una frase, dicha sin titubear, acentuaban lo injustificado de esos contactos camuflados. Y las rutinas para confundir al agazapado lobo que la trataba como un padre mientras actuaba, escondido, como el tipo que acecha a *la vecinita*.

Karla solía recordar el último mes que Fernando estuvo en casa. Ya tenía cerca de un año viviendo con ellas, o quizá eran poco más de ocho meses, pero a ella se le hacían largos y pegajosos como días de calor. Como su mirada no dejaba de resbalar por sus muslos cuando cenaban, ni sus frases terminaban de proponer nada en concreto, ni Raquel terminaba de ver ni de fijar posición alguna, Karla optó, no por denunciar las sibilinas pistas que le dejaba Fernando para cuando ella se entusiasmara, sino por arrastrar a Raquel a una batalla que ninguna mujer esquiva: la de cuidar su propiedad de una contendiente.

Si Gabriela y Karla se habían hecho buenas amigas no era, precisamente, por sus profundas afinidades. Tenían en común una sola circunstancia: sus padres no vivían juntos. En el caso de Gabriela, el padre había aparecido luego de una larga ausencia. Karla nunca había conocido al suyo, ni hablaba jamás de eso. A partir de allí comenzaban las diferencias. Gaby vivía con la mamá y el marido de ésta, mientras que Karla había tenido que soportar la inestabilidad de la suya. Había vivido con un novio, pero lejos de ser la solución a sus *problemas de carácter*, como llamaba Karla a la inmadurez de Raquel, se convirtió en un verdadero problema.

En un problema real.

Le contaba todo a Gabriela, porque aquella sabía escucharla, porque nunca comentaría nada en el liceo, y porque no la criticaba. Le encantaba contarle acerca de su vida. Ella siempre daba puntos de vista interesantes. Como si fuese una persona de más experiencia. Ahora iba por el episodio Fernando, que era el novio que tuvo su mamá cuando se mudaron de la casa al apartamento y que vivió un tiempo con las dos, hace menos de un año.

Aquella mañana de sábado había amanecido bastante calurosa. Eso justificaría lo diminuto de la faldita con la que salió de su cuarto para tomar el desayuno. Le causó gracia ver la cara de Fernando. Si se hubiese tragado una espina e intentara disimular que la garganta se le rajaba de punta a punta, hubiese tenido una expresión más sosegada. La intensidad y la angustia de su mirada contradecían hasta el chiste su aparente aspecto de *hombre que desayuna apaciblemente en familia un sábado a media mañana.*

De inmediato, Raquel, sin decir nada, volvió la vista hacia la puerta de la cocina por donde había aparecido su hija, para ver la razón de la inusual mirada de su marido. Karla pudo ver cómo su joven y divertida madre comenzaba a colocarse los aperos que conformaban su invisible armadura mientras pasaba revista, con prisa pero con movimientos precisos, a todas sus armas: la lanza, la adarga, la espada, la cara de fría indignación, la actitud de resuelta autoridad.

¿Dormiste con el uniforme de porrista? ¿No te da pena con Fernando, chica?

No, Raquel, no dormí con el uniforme de porrista. Y no, no

me da pena con Fernando. Él dice que tengo que verlo como a un padre, comentaba Karla sin ver a nadie, untando una inmensa pelota de *Cheez Whiz* a un pan. Y además hace calor, agregó.

Sí, tú lo has dicho: Como un padre. Y las hijas tienen límites con los... ¡No te lleves el cuchillo directamente a la boca!, la reprendió Raquel, mientras Karla limpiaba el cuchillo en el pan antes de volver a introducirlo en el envase de *Cheez Whiz*.

¿Sí? ¿Cuáles? ¿Cuáles límites tenemos que tener Fernando y yo?, preguntó Karla, sin prestar mucha atención a su madre. ¿Se conversaron cuando decidiste que viviera conmigo?

Él no vive contigo, Karla. Él vive con-mi-go.

Raquel comenzaba a impacientarse. Karla se sentía satisfecha del poco aguante que tenía su madre para las batallas. Fernando trataba de permanecer invisible. Y ellas hablaban y lo mencionaban como si él fuese un tema en ausencia.

Luego de un estudiado silencio, mientras masticaba ruidosamente y sorbía del jugo de toronja, Karla insistió, las piernas cruzadas, sin levantar la vista del pan:

Es lo mismo, mamá. Vive conmigo. Duerme contigo, vive conmigo. ¿O yo no vivo aquí?

Vuelve a tu cuarto y te pones algo, dijo Raquel, consciente de que saldría perdiendo si dejaba que Karla la llevara al terreno de sus argumentos locos.

Estoy comiendo. Será después del desayuno. Karla masticaba ruidosamente mientras movía el pie, que sujetaba con el dedo pulgar una sandalia que volvía acompasadamente a su punto de partida, produciendo un breve e irritante chasquido.

¡Vete a tu cuarto!, levantó la voz Raquel.

Raquel... está comiendo...

Pero la mano en el aire, como tocando un vidrio invisible que dividía a Fernando de su mujer, no tuvo ocasión de culminar su periplo, porque Raquel volvió la vista hacia él, con una sonrisa amarga de la cual salió:

Por supuesto, a ti no te molesta que ande enseñando las pantaletas por toda la casa. ¿Tú crees que no me doy cuenta?

Pero... ¿De qué hablas, chica?, entró Fernando en el juego de la nena.

Aunque asustada por la electricidad de la situación, Karla estaba satisfecha de lo vulnerable y predecible que era su madre. Estaba fuera de sí. Sólo había hecho falta un pinchazo a ese globo que se había estado cocinando con el vapor de un triángulo no declarado, para que explotara. Ratificó mentalmente, en ese código indescifrable que conformaba su libro de batalla, que «la única debilidad que no se puede permitir una mujer es ser predecible». Por eso se acostumbró a tomar las decisiones que juzgaba como las que menos se esperaba de ella.

Era curioso que fuesen tan amigas. Gabriela vivía con su mamá y el esposo de ella, y trataba de ser obediente. Al menos guardaba las apariencias con el necesario decoro para evitar enfrentamientos. Aunque demasiado inteligente y con mucho sentido del humor para ser considerada mansa, tenía otras maneras de luchar por su espacio. Otras estrategias. Evitar discutir con Alfredo era una de ellas. Y nunca se le hubiera ocurrido coquetearle. Lo veía en casa desde que era muy pequeña. Para ella Alfredo era una figura cotidiana. Y lo cotidiano pierde la fuerza del misterio. Todavía podía recordar cuando las invitaba a salir. América le decía entusiasmada: Ven, mamita, vamos a ponerte linda porque un amigo nos invitó a pasear.

Entonces era entretenido. Siempre le compraban helados. Con el tiempo comenzó a visitarlas para cenar con ellas. Usualmente los sábados. Él era agradable. Serio pero agradable. Nunca dejaba de llevarle presentes. Y ella no preguntaba por su padre, porque Alfredo era muy agradable, y ya casi no recordaba a Mario.

Un día la mamá le dijo que ellas estaban muy solas y que Alfredo era un buen hombre. ¿Verdad que sí, mamita? Ella entendió sin necesidad de otras explicaciones, y como siempre se dejó llevar, no objetó nada. Además, con su mamá no valía la pena discutir. Eso lo aprendió muy pronto. Después de todo, razonaba entonces, Alfredo era agradable. Serio pero agradable. Con la edad llegaría a considerarlo aburrido. Pero como su mamá nunca fue reina de los carnavales, entendió que hacían una pareja equilibrada.

A Gabriela le gustaba el aspecto de Alfredo. Que vistiera tan bonito, con corbata y saco. Que siempre estuviera perfumado y usara reloj de cadena. Le parecía varonil. Pensaba que debía ser alguien importante en su trabajo. Luego que creció se juró que nunca le confesaría a Mario la pobre imagen que se llevó de él cuando reapareció en su vida. Acostumbrada a Alfredo y sus trajes impecables y su maletín y su anillo, el tipito delgado y despeinado, de chaqueta de jeans y pantalones gastados, le pareció demasiado desaliñado para lo que ella esperaba de los hombres.

Luego lo fue conociendo y descubriendo que era muy ocurrente, y muy simpático. Y comprensivo. Y la hacía reír con retruécanos muy sutiles. Con él empezó a derogar los *prohibido* tan comunes en su casa. Eso la sedujo. Fue allí, en casa del *mala junta* de Mario, que sentenció a Alfredo como el tipo más aburrido del planeta. Y a su mamá, como una abnegada y bondadosa y fastidiosa neurótica.

Mario era incapaz de decirle eso, pero se lo hacía ver con una destreza envidiable. Cuando ella, con picardía y falsa solemnidad, lo acusaba de manipulador, él respondía, con mirada sorprendida e inocente:

Me sobreestimas. Yo sólo soy un modesto tipo que escribe telenovelas.

Su visión de las cosas cambió tanto en la medida que trataba con él, que de pensar que su mamá había hecho bien en dejar a ese hippie (como América lo llamaba), terminó por pensar que Mario era demasiado feliz, demasiado libre, como para haber soportado a su madre por mucho tiempo. Además, algo lejano comenzó a aflorar en su convivencia. Algo que le traía imágenes confusas aunque amables.

Por eso su vida era tan distinta a la de Karla. Pero podía entenderla.

Luego de haberse lanzado a esa batalla con tan repentino éxito, Karla terminó de comer, en medio de la discusión de marido y mujer (o de papá y mamá, como hubiese advertido cualquier observador inocente) y se levantó con falsa parsimonia para irse, con su mejor cara de ofendida, a su cuarto. Consideró que dar un portazo podía distraerlos de su discusión, por lo que omitió la salida triunfal.

En su intimidad le temía a la cólera de Raquel, pero si la primera batalla había sido ganada, no podía devolverse ahora. Acostada en su cama, sintonizó su programa radial preferido, el de la nueva FM, a volumen de niña problema, para ocultar el terror que le producía la idea de ver abrirse la puerta de su cuarto violentamente, y a Raquel aparecer bajo el dintel, clamando por venganza.

Y, sin saber por qué, se echó a llorar, ahogando los desgarrados gritos en la almohada.

Lo que siguió no fue fácil. Debió enfrentar una guerra incruenta pero aguda. Tres, casi cuatro semanas de batallas y escaramuzas de baja intensidad. De cenas servidas en salas solitarias. De acostarse sin despedidas, apagando las luces de la sala. De resistencia. Un mes de tensión y agazapada violencia verbal, en el que todos desconfiaban de todos. Raquel se enfrentó a su hija en un sutil y despiadado conflicto en el que entraron en juego viejas rencillas que, como en toda guerra, pronto dejaron atrás el motivo primigenio del asunto.

Esas batallas concluirían la tarde en que Raquel llegó de la calle y encontró a Fernando en el cuarto de su hija, y eso bastó para terminar de agrietar el piso de la efímera felicidad conyugal.

Sospecha es una palabra interesante, ¿verdad?, preguntó a Gabriela cuando le contó ese pasaje.

Fernando, asustado por el grado de pugnacidad que estaban tomando las cosas, había intentado (no sin disfrutar de la vista de los muslitos de Karla en pantaloncitos cortos y medias tobilleras) conversar con ella para *bajar las tensiones*, como le había dicho. Le explicó que no quería que su mamá se enterara y a ella no le pareció indebido que conversaran en su cuarto, y así se lo hizo saber. Pero sin pasarle seguro a la puerta advirtió, con el mohín adecuado, al padrastro que le respondió un sí, por supuesto ansioso y obediente. Parecía un cachorro de un animal muy tonto, acotaba reviviendo el momento. Le daba risa ver cómo hacía inmensos esfuerzos por mirarla a la cara y no a las piernas que ella cambiaba de posición a cada rato, para no darle chance a la concentración. En cambio, baboso es una palabra tan patética, agregó.

Los murmullos detrás de la puerta de su cuarto atrajeron a Raquel que llegó, media hora después de iniciada la reunión de paz, hasta el cuarto de la nena problemática, y se encontró con una representación de sus sospechas.

Muy a su pesar, y debido, entre otras cosas, a lo mal que se veía que echara de la casa a su hija adolescente, Raquel sacrificó al novio, y con él a su último intento de vida marital. Una vida con otra compañía que no fuera esa adolescente cada vez más difícil, cada vez más enemiga. Pero no porque estuviera convencida de que Karla era una víctima inocente de las miradas lujuriosas de un padrastro suficientemente joven. Al contrario, la creía con la astucia necesaria para haber llevado las cosas a ese punto. Y no le quedaba otra que ceder. Muy a su pesar. Admitir esa derrota. La otra opción era vivir con un imbécil enamorado de la hija.

¿Verdad que las palabras te dicen cómo debes actuar?, concluyó Karla al finalizar la historia, una de las primeras tardes que pasaron en la cueva, haciendo un trabajo de Castellano que duró toda la tarde. El mismo día que, entre toses, se fumaron un cigarrillo entre las dos y que Mario había tenido la cortesía de hacerse el desentendido.

Gabriela no dejaba de sentir admiración por ella. Pero no podía ver la vida así. En su caso no tenía sentido. Estaba convencida de que medir fuerzas con un hombre de más experiencia era un riesgo innecesario. Y como le daba mucha importancia a la sensatez, supuso que no necesitaría hacerse de estrategias ante ese tipo de contingencias. Era una de sus convicciones.

Pronto entendería que la vida no se caracteriza por ser respetuosa de éstas.

La huella del bisonte

Mario

9.

Llega otra tarde de viernes. Mario se asoma a ella con cierto recelo. Desconfía de la alegría colectiva. Sabe que suele prevalecer por ser la más vulgar, la más visible. Sabe, también, que detrás de ella se cocinan otras líneas, más calladas, más épicas. Son las que le resultan más fascinantes. Ya los viernes sólo le producen la alegría de poder quedarse en cama hasta más tarde al día siguiente. Ya sólo le provoca comprar cervezas, camino a casa, y escuchar música mientras cocina, andando en interiores por su apartamento. O invitar a Gaby a ver películas alquiladas en el videoclub de la cuadra, tirados hasta tarde sobre el mullido sofá de la sala.

Apenas traspasa la soledad de su apartamento escucha a Camarón de la Isla que, desde un apartamento cercano, canta una desgarrada historia de gitanos muertos. Su dolor es tan genuino que sería de indolentes mantenerse al margen. Puede imaginar frente a él (o a la corneta que desparrama su voz), a una chica, robada del mundo, cuya vida se le va un poco en cada suspiro, en cada recuerdo de su despecho. En el apartamento de al lado unos novios aprovecharán que la abuela de ella no pudo con el sopor, para sumergirse en los océanos de sus humedades. Dos pisos más abajo, el tío soltero y desempleado, del que ya nadie guarda esperanzas de nada, esconde dentro de una gaceta hípica una revista más pequeña, poblada por sus fantasías más bizarras de cuero y dolor y metal. En el balcón, una viejita le habla a la malamadre con verdadera preocupación. Desde hace días su salud decae y con ella la de su compañera. Si no mejoras, le dice, yo no sé qué vamos a hacer. Intenta hablarle con autoridad pero lo que le sale es un ruego, un graznido moribundo.

Aprovecha que no se ha desvestido para bajar a comprar su *six pack*, que no compró camino a casa. Las aceras comienzan a recibir la peregrinación acostumbrada de las tardes de viernes. Las tascas se llenarán poco a poco de promesas de alegría, de euforia de diez por ciento más propina. Hombres de oficina celebrarán bajo cualquier excusa y verán un futuro promisorio a través de la consagración de las cervezas y las tortillas españolas. Ruidosos grupos se llenarán de alcohol para pasar la noche hablando de las vicisitudes de la misma oficina de la que huyeron, y del mismo jefe que los tiraniza. Alguno logrará arrastrarse fuera de allí a la secretaria de Tesorería, la cual llegará esa madrugada a su casa preguntándose por qué hizo lo que no recuerda que hizo. Otro tendrá ocasión de decir al fin lo que había estado guardando, lo que no había encontrado su lenguaje. Pero para todo eso habrá tiempo. El fin de mundo apenas comienza a organizarse.

Frente a la licorería, en la calle rebosada de sensualidad de ese viernes, un muchacho se detiene y finge estar molesto sólo para que la novia lo cubra con esos amapuches que tan bien saben dar las caraqueñas. Cuando quieren, claro. Frente a ellos, una señora apresura al niño que trae de la mano, de unos seis años, porque se muere por llegar a casa a bajarse de esos tacones que no ayudan en nada a detener la proliferación de sus várices, que forman un delta carmesí que se multiplica por sus piernas. Esta noche sí tendrá fuerzas para decirle al marido que ese seguro autobús que siempre lo llevó, decidió seguir por su cuenta, hacer su propia ruta. Dos quinceañeras se cruzan en su camino y, antes de entrar a la panadería, se visten de sus caras de duras. Saben que son la delicia de los panaderos, ninguno mucho mayor que ellas, sólo que cumplen jornadas de diez horas y ellas sólo tienen que meter sus caderas en esos pantalones talla 28 para bajar a mover al mundo, comprando el pan y alborotando panaderos, licoreros, tenderos, transeúntes...

Mientras lo atienden, echa un ojo al viejo edificio que queda al frente del negocio. En una ventana vacía imagina a una señora guardando bajo la almohada un pote de pastillas, porque escuchó que intentaron abrir la puerta. Su cara, hinchada y grasosa, denota los estragos comunes de los trastornos del sueño. Postergará así, de seguro por quinta vez, su sueño más largo. El desamor es tan duro como el hambre, piensa. Indiferentes a su infierno, unos borrachos alegres aparcan el carro frente a su ventana, para abastecerse de su respectivo combustible, el de más alto octanaje que puedan pagar esos bolsillos que comienzan la fiesta.

Vuelve a casa con sus seis latas heladas. Llega otra vez a la tarde de viernes. Una cuadra, una calle, una urbanización, una parroquia, una ciudad entera, construida con cientos, miles, millones de razones personales, de ambiciones secretas, de decisiones postergadas, de anhelos acariciados. Millones de seres que suelen dedicar los viernes a beber cervezas, amar, escuchar música, llorar, descansar, pelear con la mujer, tomar decisiones trascendentales, darse otra oportunidad, intentar suicidarse, o ver pasar la vida, entre el bullicio y la suciedad y la energía y la incompresible belleza que no se arredra ante el avasallante entorno.

10.

Karla aprovechó que era temprano y decidió bajarse en Plaza Venezuela. Tenía toda una hora para recorrer el bulevar y ver lo que le ofrecían sus diez, doce cuadras. Toda una hora. Debía reunirse con el equipo de la exposición de Geografía Económica y quedaron en verse en El Papagayo, en el Centro Comercial Chacaito. De allí irían a estudiar a casa del repentinamente cotizado Flores, cuyo tío es profesor de Geografía.

Le gustaba ver las tiendas del bulevar. Detenerse ante las carteleras de los cines que estaban en plena acera. Sentir en toda su dimensión ese aire de feria que se percibía, sintiéndose interesante al mezclarse con empleados y turistas que admiraban la mercancía de los artesanos. Cuando tenía dinero se sentaba a comer helados en un local que habían inaugurado recientemente en Sabana Grande. Cuando no estaba sola, por supuesto. Le fastidiaba tratar con mesoneros y empleados de barras, porque siempre intentaban hacerse los graciosos. Y odiaba admitir que la intimidaban.

De pronto, en medio de las corrientes encontradas de gente que van de un lado a otro, se alegró de ver una cara conocida. Y una cara conocida en el río del bulevar era un pequeño premio del azar, por lo que apuró el paso para alcanzarlo.

Venía bajando de esa avenida cuyo nombre no recuerda en los libros de Historia (la Solano López), de vuelta de comer algo en la Barra de Miguel. Había estado conversando de política con el asturiano, luego de haberse saciado de empanada y tortilla, acompañadas de unas cervezas heladas.

Esa cocinera tuya tiene la mejor sazón gallega de todo Curiepe, le decía a Miguel cuando quería halagar a Faustina, la cocinera negra de la barra, que ciertamente tenía una excelente sazón para la cocina ibérica.

Luego del café, decidió caminar un poco para librarse del sopor del mediodía.

No tenía planes para esa noche, por lo que quiso acercarse a la librería de Raúl, a ver si tropezaba con ese libro que lo llamara con la misma fuerza que la delgada muchacha de vestido rojo que caminaba delante de él, marcando con sus caderas el ritmo de la calle. Caminaba como si practicara pasos de modelo, o si esperase ser *descubierta* por un Colón de la *alta costura*. Bajó detrás de la chica por Los Apamates, y la siguió hasta perderla en la entrada de la estación del metro, en Sabana Grande.

Sin saber por qué, se alegró de verlo. Caminando despreocupado entre la gente, el papá de Gaby, con su aspecto de poeta solitario, o periodista de película de suspenso, no parecía llevar prisa. Recordó lo simpático que le había resultado cuando lo conoció en su casa y, sin importarle (ni detenerse a pensar) si él se acordaba de ella, resolvió alcanzarlo.

Apenas vio a la chica perderse dentro de la estación, trató de reconstruir los exóticos rasgos de ese rostro de aprendiz de modelo, y descubrió que ya comenzaba a desvanecérsele poco a poco. Pensaba que, aunque nunca la volvería a tropezar, ni podría recordarla en lo absoluto cuando llegara a su casa, un algo efímero cargado de ella le daría vueltas por el cuerpo tratando en vano de recordarla. Otro apetito insatisfecho. Otra postal del bulevar. Se quedó pensando en ella, ensayando una frase digna de su abandonado cuaderno de apuntes, cuando escuchó una voz chillona, exclamar con familiaridad:

¡Mario, nos encontramos de nuevo...!

Cuando volvió el rostro, buscando a la dueña de esa voz, ella lo alcanzó en dos saltitos y, saludándole con un beso en la mejilla, se quedó frente a él, sonriendo, esperando que terminara de reaccionar.

Karla, ¿no te acuerdas?, se apresuró ella.

Se sentaron en una fuente de soda cercana. Él lo hizo más por concederle un trato a la altura de su familiar saludo, que por obedecer a un deseo interno. Sin darse cuenta, estuvieron sentados en la mesa de un café del bulevar durante más de una hora.

Al cabo de los primeros minutos, Mario se dejó llevar por su conversación, y se dedicó a escucharla. Escuchar siempre resulta provechoso para su trabajo. La mitad de sus diálogos, situaciones, ideas, provenían de ese hábito. Además, le divertía tratar a las compañeras de Gaby con caballerosa cortesía. Sobre todo cuando ellas no huían, que es lo que a esa edad solían hacer. Le resultaba imposible retenerlas unos pocos minutos, ofrecerles algo de buen trato. O sacarles material para su cuaderno de apuntes. La diferencia de edad entorpecía la espontaneidad de la conversación. Era inevitable que lo vieran como un adulto y que fingieran en su presencia, ocultando por instinto sus conductas naturales. Sus razonamientos genuinos.

Desconfiar de los adultos, después de todo, seguía siendo un lema vigente.

Pero Karla sí parecía querer recibir su trato obsequioso. Y él, por supuesto, no escatimó en tratarla como una pequeña amiga. Y en su caso, no sólo lo merecía; sus maneras, sus aires, lo exigían con una convencida dignidad. Terminaba todas las frases con una risita estudiadamente graciosa. Hablaba y hablaba sin pudor, persuadida de ser un pequeño sol, y que él (el que estuviera) giraba en torno a ella. Mario escuchaba como si le interesaran sus cosas. Y de alguna forma le interesaban. Mientras pudiese apropiarse por un momento de esa diminuta galaxia compuesta de sus vanidades, sus valores, sus miedos torpemente escondidos, todo en ella resultaba fructífero, abundante en material fresco.

Y no pensaba desaprovecharlo.

De inmediato llegaron las preguntas que él estaba esperando. ¿Es chévere trabajar en un canal? ¿Qué hace un libretista, Mario? ¿Y ustedes ponen los nombres a los personajes? ¿Y a las novelas? ¿Yo? Un helado de tiramisú. ¿No lo has probado? Es lo más divino que existe después de la milhojas.

A ella le encantaba nombrarlo con familiaridad, como si fuese un viejo amigo. En cada mención de su nombre acentuaba su ensayado aire de mujer, de chica lo bastante adulta para merecer atención. Y siguieron más preguntas:

¿Y los escritores conocen a los artistas, Mario?, le interrogó, complacida de poder saciar su curiosidad sobre la vida de la televisión, sin tener que esperar su turno.

Actores. Artista era Dalí, por ejemplo, le aclaró él.

Está bien, pero... ¿tú los conoces? ¿Es verdad que Adolfo Amengual es bisexual?, insistió antes de llevarse una cucharada de helado a la boca.

No sé, no trabajo para Venezuela Farándula, dijo él, concentrado más que en sus preguntas, en sus maneras. Y en el repentino pedacito de helado que se derretía en el borde de sus labios.

Y Jeannette Rodríguez, ¿es tan bonita como se ve en pantalla?

La belleza en televisión se trata de un buen ángulo con la iluminación adecuada.

¿O sea?...

Eso. Sólo eso.

¿Y tú conoces a Carlos Mata? ¡Ay, él sí es lindo! ¿Ustedes se tratan? ¿Yo no podría ir contigo al canal para conocerlo?

Mario sonrió ante su candor. Encendió un cigarrillo y, aunque no tenía ninguna intención de planificar una excursión farandulera con las compañeritas de clases de su hija, le respondió, cuidándose de mostrarse ligeramente displicente:

Te lo pongo así: Hay gente que por sus méritos llega a ser famosa. La farándula tiene como único mérito el ser famoso. Es decir, que si eres meritorio es muy probable que seas célebre. Cuando ser célebre es el único mérito, eres de la farándula.

¿O sea?...

Olvídalo. Que sí, ¿por qué no? Así te aburres pronto.

Y Karla siguió haciendo preguntas. Todas formuladas con una boca y una mirada llenas de avidez por beberse, como si del helado que estaba comiéndose se tratase, todas esas trivialidades, mientras él intentaba llenar sus expectativas, fabulando un poco, para no defraudar su morbosa curiosidad por personas que a él le resultaban tan excéntricas, tan neuróticas, tan de nunca tener la certeza, en el trato cotidiano, de cuándo empezaban sus excentricidades y cuándo sus neurosis. Prefirió cambiar el tema.

¿Karla?, me lo puso mi mamá... no, no por la Marllot; bueno, no sé... no me extrañaría, porque mi mamá parece una carajita. Yo le he hablado a ella de ti.

¿Ajá?

Sí, le he dicho que tú eres así, loco, distinto, no sé....

Lo tomaré como un cumplido, dijo Mario.

¿Y... qué edad tienes tú, Mario?, preguntó al rato, huyendo del reproche a sí misma que veía venir, al haber usado la palabra *carajita*. Pensó que se le había pasado la mano, y Mario fingió que no se había percatado de su turbación.

Fifteen forever, le respondió, tratando de sacudirle la incomodidad.

¿Cómo?

Nada, que tengo poquitos. Y tú... ¿dieciséis, como Gaby?

¿Yo?, diecisiete. En serio, diecisiete ¿no parece? Lo que pasa es que yo perdí un año por culpa de una operación.

Siguieron conversando y ella no dejaba de desplegar todo un complejo universo gráfico durante sus intervenciones.

Gaby es mi mejor amiga, yo todo se lo cuento a ella, comentó con un mohín sobreactuado en la boca y unas manos pequeñas graficando todas sus afirmaciones.

Como un mar visto desde la orilla. Con ritmo natural, propio, casi indiferente. En ese vaivén se dejó llevar Mario, más de lo que hubiese querido. Mientras, Karla hablaba y comía helado. Y hablaba, posando para él. Y hablaba, sin parar.

Y nunca supondría con qué frecuencia volvería a verla cuando ella se despidió de él, informándole como si le interesara, que debía irse porque tenía que reunirse con unos compañeros de clases. Que se le hizo tarde, pero que no importaba porque sus compañeros estaban acostumbrados a esperar por ella. Y celebró su ocurrencia con su risita ensayada.

Los grupos los formó el profe por orden alfabético, porque si no, estaría en el grupo con Gaby, porque nosotras somos compinches, le confió, ya de pie.

Sí, ya se han encargado de hacérmelo saber, comentó él con dulzura, sonriendo, evocando la precoz soltura con la que la había escuchado hablar.

Al despedirse le regaló otro besito antes de alejarse con paso apresurado, como una pequeña máquina diseñada con el exclusivo e inútil propósito de despertar curiosidad. La vio perderse entre la gente, con su pasito corto y enérgico, de apretadas caderas nada dispuestas a pasar inadvertidas. Pidió la cuenta y, luego de pagar, retomó su camino a la librería.

Casi al llegar a la puerta, sin saber por qué, se fastidió de pronto de ser un aburrido lector voraz, de tener como único plan encontrarse con un buen libro.

Nunca vas a ser Vargas Llosa, Mario Ramírez, se dijo a sí mismo, y siguió de largo, a ver qué tenía de nuevo Toño.

Pescar tendencias, actualizarme un poco, respondió cuando aquel le preguntó qué, más o menos, estaba buscando. ¿Y ese grupo que escuché en la radio? ¿Zaracen? ¿Tienes su disco?

11.

Gabriela la había llevado a casa una tarde de jueves. Había telefoneado antes porque quería asegurarse de que él estaría allí.

Voy con alguien que quiere conocerte, le anunció.

Por la solemnidad percibida a través de la línea, Mario pensó que se aparecería con ese novio que tardaba en dejarse ver. Pero llegó con una chica menuda, sin mayor rasgo distintivo a primera vista salvo una mirada cuya sonrisa no lograba atenuar su ímpetu. La chica parecía fascinada de estar en su casa. Lo delataba la avidez con la cual registraba cada detalle de su apartamento de soltero, bautizado La Cueva por su hija, debido a que había sido la primera impresión que le produjo.

Mario tenía tiempo de sobra esa tarde. Se sentaron a conversar en la sala. Él parecía divertido, Gaby orgullosa de los dos, y Karla halagada con la atención recibida del papá de su amiga. En medio de la conversación, se dedicó a detallarla. Bastante clara de piel sin ser blanca leche, de cabello a la altura de los hombros, rostro regular y aspecto frágil; poseedora de la inexpresable belleza de su edad, esa que se basta de la tersura y el timbre de voz y los graciosos ademanes, para alegrar el corazón de cualquier hombre mayor de treinta años.

A primera vista se trataba de una de las tantas amiguitas de Gabriela, la hija que retomaba luego de tantos años sin vivir con ella. Los adultos suelen tomar las peores decisiones de su vida sin reparar en ese par de ojos que, desde abajo, no pierden ningún detalle, confundidos, sin poder opinar. Porque en esos momentos nadie se molesta en percatarse de que allí están mientras ocurren las cosas.

Y decir *ocurren las cosas*, supone una ambigüedad esquiva para mencionar esos pasajes de la vida que se atraviesan con mentiras, discusiones violentas, embarques y una confusión inmensa. *Ocurren las cosas* significa nadar en una tempestad, sumergido bajo un cielo gris pizarra, total y pesado como la carpa de un circo. Quiere decir, también, que se pierden las fuerzas y, sin embargo, se nada en dirección contraria a la orilla. Y en una tempestad nadie, no al menos Mario ni América, se iba a estar preguntando cómo recordaría —más peligroso aún: cómo interpretaría— esa memoria adulta aquello que guardó celosamente la cabecita de aquella niña que alcanzaría la adolescencia convertida en esa morena bonita de mirada inteligente y maneras sosegadas. Esa chica aplicada en los estudios que sabía llevarse bien con su papá y con el esposo de su mamá.

Como el tiempo todo lo aplaca, Mario llegó a tomar distancia de aquel sofoco. Luego de liberarse de las ataduras, debió luchar para liberarse de la libertad. Del hechizo de la libertad. De su aturdimiento. Y un día, luego de una larga travesía en soledad, advirtió que ese mismo par de ojos que lo veían todo tratando de entender, seguían allí, sólo que sus ojos estaban más cerca. Pero si ya Gabriela tiene doce años, ¿cómo es posible que no nos veamos nunca?, exclamó un día con honesto asombro luego de reparar en el aspecto de su hija.

Ese día entendió que había llegado la hora de frecuentarla u olvidarla para siempre.

Se convirtió entonces, en cuatro años, en el padre que no fue en diez; y se volvió celestina, amiguita, aguantador, pretendiente, aliado... todo, con tal de poder echarle un poco de tierra a la injustificada y prolongada ausencia, o que no se notara la vergüenza por ese largo e inexplicable paréntesis. La adolescencia puede ser más larga de lo que cualquiera supone. Al menos, la adolescencia que persiste luego de los veinte años.

Era por eso que había dedicado estos últimos años a enamorarla con todos los recursos disponibles. Y era por eso que Gabriela almorzaba en su casa (a la suya no llegaba nadie hasta después de las siete, porque América tenía dos trabajos para redondearse la quincena y Alfredo era personal de confianza). Por eso no importaba qué le pidiese su nena, pues estaba concedido de antemano. Y ciertas cosas —así lo había decidido—, se podían hacer mejor en el santuario de soltería de su padre, ya que América y Alfredo estaban convencidos de que criar era fastidiar, poner cotas a todo y en todo momento.

Y el tema de la disciplina, había sido un motivo para evitar a América con la misma pasión con que se acercaba ahora a Gabriela. Mario siempre pensó que América debió haber sido juez, pero en la época en que valía la pena ejercer tal oficio: cuando se condenaba a la gente a la horca, a la guillotina. No le cabía duda de que se trataba de una mujer esencialmente buena, pero ¿existirá una mujer de más de treinta años que no se impaciente con tanta frecuencia?, se preguntaba. Y luego del reencuentro con su nena, todas las discusiones con América sobre la rigidez de sus normas terminaban en la misma pregunta:

¿Dónde estabas tú las veces que la saqué de madrugada al hospital?

Ambos sabían que esa pregunta no tenía una respuesta razonable, no dentro de ese marco de referencia. De hecho era una pregunta insidiosa, manipuladora, que no ofrecía otra salida que suspirar, cerrar los ojos y dejar pasar el tema. Pero era real. Y era en esos términos en los que América sabía decir las cosas. Aleccionadora, con arrogante convicción de superioridad, amable en toda su mala intención. El *estilo América*, le bautizó Mario.

¿Dónde, Mario?, insistía ella.

Quería sacarle el mayor provecho posible al silencio del padre de su hija, y esa era una situación propicia, perfecta. Él lo sabía, por lo que cada vez insistía menos en opinar en torno a los criterios de educación de América, naturalmente reforzados por su convivencia con Alfredo, que ante la hija de su mujer insistía en ser el señor Rodríguez, y no *el bichito ese* que con su traje y sus modales le levantó la mujer en su cara, mientras él intentaba un aterrizaje de emergencia en cualquier pista que le ofreciera aunque fuese treinta metros de línea recta.

Por eso, cuando yo le digo algo, creo tener la suficiente autoridad para que ella me obedezca ¿No te parece?, y levantaba las cejas enfatizando la obviedad de su aseveración.

A nadie le gusta estar contra las cuerdas. Por eso prefirió hacerle una guerra de guerrillas al sistema, convirtiendo su casa en el museo de las malas costumbres y los vicios que a Gabriela le prohibieran en casa. Haz lo que te parezca, tú eres grande y eres inteligente, eran sus únicas normas en contraposición al abigarrado código penal del matrimonio Rodríguez-Santana.

Fue en esa época en que había conocido a todas sus amigas. Un variado catálogo de fenotipos adoptando similares estilos de hablar, de gesticular, de vestir, que brindaba una impresión de fugaz parentesco. Todas terminaban enamorándose de su república independiente, tan distinta a sus hogares saturados de reglas y prohibiciones. En ella se instalaban a estudiar, a hacer sus trabajos del liceo, a escuchar música, a llamar por teléfono a las emisoras de radio, a freír papitas o a hacer cotufas, a quemar las ollas que Mario aún no había chamuscado, perfeccionando sus recetas.

Como aquella vez que llegó a la casa y encontró el apartamento lleno de humo, y detrás del humo, dos pares de ojos asustados, tratando de explicar, antes que sus pálidos e inmóviles labios, cómo habían llegado a ese punto. Ese otro par de ojos que acompañaron en esa travesura a Gabriela, eran los de Mariela, una gordita aplicada, de maneras un poco toscas, que llegaría a ser ingeniero petrolero y que no tendría hijos.

Paulina, además de diminuta, era dulce, alegre, cariñosa. A pesar de su gusto por el contacto físico, se estaba guardando para la ocasión. Hasta era probable que esperase y escogiese con calma. Sin aspavientos, pero creía firmemente en eso. Como creía firmemente en la amistad.

Charito era de cara redonda y manos gorditas y suaves. Tenía una mirada vivaz y los chicos debían entrarle de frente, porque sabía desenmascarar las intenciones con facilidad. La franqueza de su risa aplastaba cualquier estrategia barata. Empezando el tercer trimestre la retirarían del liceo. Nunca más sabrían de ella.

Verónica era bella, melancólica y de ademanes infantiles. Tenía una asombrosa habilidad para las matemáticas y todo lo que fuese el cálculo numérico. Había en ella, en esas formas pueriles, una cierta táctica para preservar su integridad física. Y surtía efecto: solía verse más niña de lo que en realidad era. El peligro radicaba en que podía llegar indemne a la edad adulta, indemne, pero también con una marchitez prematura. Hermosa, intocable, infantil, triste, lejana de todos, parecía más bien un óleo antiguo. Una hermosa y rebosada manga, al pie del árbol, destilando sus jugos intactos. A Mario le daba la impresión de que mantendría la virginidad hasta el estorbo, hasta el chiste.

Maribel tenía un rostro hermoso y el cuerpo que de seguro inspiró a los fabricantes de las anoréxicas muñecas de moda. Todo en ella parecía sostenido por un equilibrio tan frágil que hasta la mala fe podría estropearlo en cualquier momento. Sus ojos y cejas eran, aunque sea difícil entenderlo, perfectos para la época: una mirada de franqueza mezclada con frivolidad enmarcada en unas cejas pobladas y vistosas. Un día las amigas descubrieron que era bulímica. Luego les confesaría que su temor a perder su celebrada delgadez la había llevado a provocarse el vómito un día que sintió haber comido demás. El asunto se convertiría en vicio. Con el tiempo, el color crema de su piel, fue cediendo a un gris apagado. Los periódicos vómitos le generaron úlceras estomacales. Cuentan que llegó a un punto en que su aliento resultaba insoportable. La hospitalizaron a finales de cuarto año y no se inscribió en el quinto en ese liceo.

Además de bastante frívola, la pecosa Andreína era, previsiblemente, veleidosa en eso del amor; quería hacer creer que no se decidía por ninguno porque todos le gustaban, cuando en realidad temía no poder manejar la situación, porque en el fondo le tenía miedo a lo silvestre (quizá por información genética) de sus hormonas. Era obvio que no sería difícil para un chico que se lo propusiese arrinconarla con resultados satisfactorios. Si eso llegara a ocurrir, se desataría una epidemia de precocidad sexual en la manada. Peligro en ciernes.

Estaba también Celeste. Una relación intensamente marcada por un padre que ya no está (porque se fue, o porque murió), ejerció mucha influencia sobre ella. Esa relación devino en una supuesta madurez ante el tema del sexo: aparentaba estar convencida (repitiendo un heredado discurso paterno) de no tener interés en el tema, sino hasta que llegara el momento adecuado. Lo ponderaba con la fría convicción de un diplomático. Iba a resguardar el himen con obstinación, pero amasaba un perverso catálogo de jugueteos periféricos que iban desde lo meramente gráfico hasta lo explícitamente físico. Será la última en desprenderse del virgo, aunque haya sido las primera en abandonar la inocencia, la esencial virginidad. De hecho, con el tiempo se escucharía cada historia de Celeste, que haría del Kamasutra un engorroso tratado de mecánicas necedades sin imaginación. A pesar de eso era buena alumna. Al parecer, mientras pudo sublimar el asunto, supo aprovechar esa energía en los estudios. Y todos estos detalles los descubría Mario más por deducción, por observación de detalles reveladores, que por confesiones abiertas, porque siempre intentaban ocultarse en su presencia. Aunque hablaran mucho, había logrado esas notas sobre ellas básicamente a partir de lo que se esforzaban en callar de sí mismas.

Pero, a pesar de ese abultado expediente quinceañero, no había conocido nada original, interesante, digno de inspirar un personaje. Hasta que apareció, por supuesto, el pequeño prodigio de gestos y formas cuyo único propósito parecía ser el de llamar la atención del interlocutor. Preferiblemente masculino. Preferiblemente de más edad.

Mario, por su parte, jugaba a ser el encantador padre, luciéndose con su amplitud mental, con su vida reñida con los convencionalismos. Con un estilo más cercano a un *rockstar* que a los esforzados y ejemplares padres de esas chicas (tipos socarrones, aviesos, mentirosos, pero profundamente pacatos ante sus hijas); un estilo que los quinceañeros creen desear para sí cuando sean adultos, sin saber —no iba a ser él quien los desengañaría, porque eso iría en contra de sus *intereses ideológicos*— que esa aparente felicidad escondía, con verdadero talento histriónico, una precariedad indefinida, un aburrimiento crónico, un cuestionamiento perenne que debía combatir reforzando sus supuestas fortalezas, sus frecuentes *downs* porque la mayoría de los que fueron sus amigos pastaban mansos y felices en sus praderas conyugales y él, en cambio, se estaba volviendo irremediablemente invisible.

Y cuando ya se estaba cansando de su parodia de felicidad, cuando comenzaba a parecer un adolescente con canas, un modelo jubilado de las cuñas de *Belmont*, un *James Dean* de cera, apareció el público por el cual valía la pena montar la función. Y no le resultaba complicado, ya que era normal que supiese entenderse con ese *target*. Después de todo, el canal le pagaba muy bien para que dedicara su concentración en indagar los intensos universos del segmento 12-19 años, esos inagotables furores que habían provocado magistrales historias en el cine y la literatura.

Desde hace varios años lo habían puesto al frente de los "proyectos juveniles", que resultó todo un suceso de audiencia. Por supuesto, el canal los explotaba sin escrúpulos como una verdadera mina. Y era su deber mantener el espacio, que aunque eran realmente telenovelitas para chicas, debían llamarlas oficialmente "series juveniles", para no hacer entrar en crisis a los de la gerencia de Imagen Corporativa.

Había llegado al punto en que se sentía como un recién egresado del pedagógico, al que no le costaba nada calzarse unos zapatos quinceañeros para hablar con esa edad, y razonar con esa edad. Total, ¿qué tan lejos estaba? Él era un sobreviviente del holocausto juvenil de su generación.

Y aunque para él no era difícil, a ellas, en cambio, no les resultaba igual, y a veces se les hacía cuesta arriba eso de conversar con su presencia como un objeto del decorado, o como un panita más del grupo. Años de represión, pensaba él; respeto, usted sabe, explicaba una. Una no está acostumbrada ¿ve?, o sea, así no son los papás, aclaraba con dificultad otra, con risita turbada y manos dibujando mapas imposibles en el aire, tratando de explicar el choque que les producía esa definición imposible que era Mario. Y todas esas conjeturas eran expresadas con el mismo timbre nasal y chillón que tenían todas, y el mismo, ejecutado con mejor o peor desempeño, mohín en los labios.

Era algo tatuado en sus genes, una regla natural: nadie con más de veinticinco años escapaba al trato de *señor* (o *viejo* si se acercaba más bien a los cuarenta); trato, más que ofensivo, doloroso, si se estaba atravesando ese desasosiego en el alma que insiste en gritar su desvencijado *la vida es ahora*; pero ciertos cánones, ciertas advertencias del organismo, enmarcan esos ímpetus en precisiones certeras. Esa tragedia que, no sin sorna, algunos llaman la crisis de los cuarenta, que en su caso tomaba ribetes de normalidad. De forma de ser.

El último de los mohicanos, como le llamó una vez Gabriela.

Y aunque esa criaturita no escapase a ese molde, ni fuese objetivamente más vistosa que las demás, se hizo notar, de pronto, sin mayor esfuerzo, como nacida para ello. Con la soltura que le iba a demostrar cuando la encontrara un día en la calle y le brindara un helado con el extravagante nombre de *tiramisú*, que él se quedaría con ganas de probar, viendo cómo un pedacito se le disolvía en el borde de sus labios.

12.

Nunca logró poner en palabras eso que se le escurrió por dentro cuando Gaby se la presentó. Ese día que tanto él como todo el decorado fueron registrados por esa mirada penetrante que lo desarmó. Y eso mismo que no precisó entonces le hizo postergar el tiempo que dedicaba a escucharles sus tonterías, antes de retirarse al estudio el resto de la tarde. Quedan en su casa, muchachas, era la última frase hasta el chao, chicas. Vuelvan cuando quieran. Como el formato del musical sabatino de la competencia, era un *número* inalterable.

Y aunque alegraban la casa con la sensualidad de su frescura, aunque resultaba encantador escuchar la música de su periquera, él las veía como eso: escandalosos, adorables, insufribles pajaritos en sus jaulas; pajaritos que, luego de un par de baileteos y brincos dictados por un precario catálogo inscrito en su ADN, terminaban aburriendo. Golondrinas, jilgueros, torditos, cucaracheros... ruidosos y asustadizos animalitos con sus uniformes de quinto año de bachillerato.

Pero además de la mirada, esta chica le ofreció una música distinta. Porque era cíclico, luego de que comenzaban a frecuentar la casa:

¿Cómo está, señor Mario?

Por favor, sácame del museo. Dime Mario, ¿sí?

Ay no, no... me da pena.

Como quieras. Pero créeme que yo no soy un señor.

Está bien, señor Mario.

Pero este curioso ejemplar le regaló al fin un instante de sorpresa. Luego de extenderle la mano con ¿se le podría llamar aplomo?, y mirarlo con ¿se podría decir franqueza?, se sentó y, desinhibida, comenzó a hablarle como si él tuviese un zarcillo en la oreja y una franela larga y ancha de algún intoxicado ídolo musical. ¿Cómo es que me dijiste que te llamabas? ¿Mario?, ah, bueno, Mario, no te he contado de aquella vez que a esta señoriiitaap... decía, golpeando en el hombro a Gaby con la palma de su mano, tongoneando la cabecita para hacer bailar los zarcillos, y abriendo aún más los ojos... dejó el cuaderno de biología yyyyy... ¡No pongas esa cara porque igual se lo voy a contar!, adornando con sus manos y sus francas risotadas las palabras que salían de unos labios envueltos en estudiados mohines, para referirle una de esas *originales* travesuras que todos los quinceañeros hacen. Pero que en su boca adquiría un aire de versión renovada, de exitoso *remake*.

La diferencia era que ella no estaba hablando con el papá de Gabriela, su compañera de clases y cómplice de despertares eróticos, sino con Mario, un tipo que estaba sentado a su lado, viéndola hablar, y al que debía aplicarle el mismo trabajo de imagen que le aplicaba a todos, más por ejercicio que por manifiesto interés personal.

Y Gabriela, mitad avergonzada (Ay, Karla, por favor, cállate, exclamaba cuando aquella refería pasajes embarazosos), mitad divertida (Tú si eres estúpida, muchacha, reponía, ruborizada, cuando lo que suponía un imprudencia lograba en su papá una carcajada), observaba a uno y a otra, como queriendo penetrar en los pensamientos de su padre, mientras él se admitía secretamente desarmado, hechizado por esa pequeña bruja de ojos oscuros, gozando de su número y de su aire de libertad.

Gaby, un poco para tratar de justificar ese estilo presto de la amiga, y otro para advertirle a Mario —que después de todo era su padre—, que no se trataba de un patrón de conducta global, comentaría luego, cuando se quedaron solos y salió a relucir ese nombre:

Yo no sé qué le pasa a Karla, si ella no es así.

Y, en otra circunstancia, al contrario, un escueto pero sentencioso:

Esa chama sí es loca.

Y eso de oírla hablar, de verla sumergirse sin complejos en una conversación *adulta* desde unas manos pequeñas, unos brazos flacos y (esto se le revelaría más tarde, cuando comenzó a permitirse otros caminos en ese paisaje) unos pechos firmes y pequeños ocultándose con discreción tras su blusa de algodón, fue una brusca revelación.

Fue descubrir que, de algún modo, su niña linda y juiciosa estaba tan cerca de precisar a un tipo con la mirada, con el aparente aplomo con que podía hacerlo su amiguita, y llevarlo como a un perrito faldero a sus pies, en espera de su revelación, de descubrir su anhelado secreto. Es decir, a través de Karla fue que Mario descubrió que Gaby era una mujer. Con todo, todo lo que esa palabra encierra. Una mujer como todas con las que él, para bien y para mal, se ha relacionado en la vida.

Las que ha visto sudar y llorar. Amar y despreciar. Las de las caras del placer y del odio.

Y Mario no supo si ese pensamiento le asustó o le alegró. Pero sí tuvo por seguro que Karla se convertiría, desde entonces, en un antes y un después en su relación con el mundo de Gaby. Y todas esas reflexiones se cimentaron cuando Karla, al despedirse, se acercó a Mario y, con absoluta seguridad, le dio un beso en la mejilla. Un besito discreto, formal, pero sin duda temerario en su aplomo. Fuera de todo patrón de conducta conocido.

Bueno, espero que me invites de nuevo a tu casa, dijo, firme, sin que la frase adquiriera ribetes ambiguos en ningún rincón. Estamos en diciembre. Diciembre es una fiesta larga. Vuelve cuando quieras, repuso Mario, descubriendo que le estaba hablando con más serenidad de la deseada.

Con el transcurrir de los días, eso de *oírla hablar*, fugándose del tiempo, se convertiría en una afición a la que Mario le cogería el gusto. Un gusto reiterativo y creciente, ubicuo, acentuado por esas formas pueriles y esos ademanes, torpes y gráciles como el andar de un flamenco, que a todo lo bañaban de un cómodo ambiente de naturalidad.

Nunca sabría si hubiese podido o no huir a tiempo de ese juego. Lo cierto es que no lo hizo. Su última oportunidad la tuvo cuando descubrió, ya estando sólo en su cuarto, que le había hablado como a una mujer (con todo lo que eso implica) y no como a la amiguita de su hija. Que ese *mi casa es tu casa*, obvió por un instante a Gaby de la escena.

Y Karla volvió. Y se hizo compañía habitual. En adelante el acento del trato lo impuso ella. Ella y sus prisas. Ella, su necesidad de atención y su deseo de devorarse al mundo. Ella decidiendo que, en adelante, la Cueva sería su segundo hogar.

13.

Si los días pesarosos viajan en los buses Magallanes-Chacaíto, a pleno mediodía, atravesando de punta a punta toda la avenida Sucre, la Urdaneta, la Andrés Bello... Los felices, en cambio, viajan en el metro. Estaban en los primeros días de marzo, y esos días radiantes que comenzaron en enero, iban tan, pero tan de prisa, que apenas se dieron cuenta, que ya comenzarían los exámenes del segundo lapso. De los resultados, Gaby estaría más dispuesta a conversar que Karla, como solía ocurrir entre ellas.

Mario ya casi no tenía ocasión de sentirse solo. Aunque lo estaba. Karla, que se había vuelto inseparable de Gaby, también se hizo amiga de Castellanos, y todo el quinto año rumoraba acerca de ese trato tan cariñoso. Gabriela, sin mucha convicción, había empezado a salir con Raúl, un muchacho del salón que había estado esperando por ella desde octubre pasado. América tenía su kinder bajo absoluto control, y Raquel estaba en uno de esos momentos en que su hija prefería llegar a la casa sólo a dormir.

Y acompañados o no, todos se sentían solos.

Para no escapar de esa epidemia, decía la prensa que Gorbachov concluyó que vivir para cuidar a los millones de prisioneros que heredó de los restos de la era Stalin, era también ser un poco prisionero. Cuando se hartó de todo ello, inventó la *perestroika*, y se fue a su casa de campo para que en adelante se encargara el brioso y chispeante alcalde de Moscú. En su hasta entonces archienemigo, Estados Unidos, el millonario predicador Jimmy Swaggart suplicó perdón frente a los televisores de sus miles de fieles, por hacer lo que todos ellos hacían: espantar su soledad con el terremoto que tenía en las caderas su querida y costosa Debra (o su Sissy, su Sue Ann, o acaso su Linda), la que no le planchaba las camisas ni le hacía el almuerzo. Y en cuanto a soledades morales, reseñaba la prensa que la ecologista Europa, la de los activistas que se encadenan a los árboles para que no los talen, estaba usando a África de letrina para sus desechos tóxicos. En la sección de Espectáculos se podía leer que la triste vida de Pu Yi, el niño que nació príncipe y murió barrendero, le valió nueve premios a la película que Bertolucci estrenó ese año: El último emperador. En los diarios de Caracas esa noticia opacaba a otra que anunciaba la nueva serie juvenil de RCTV, escrita por Mario Ramírez y dirigida por Gustavo Ilazabal: "Alexandra, inocente audacia".

La nota era demasiado sucinta para explicar (tampoco lo sabía) que Mario tenía a la mano la versión original de Alexandra, el terremoto que coqueteaba con el padre de la vecina, según se veía en los primeros capítulos. ¿Sucumbiría el señor Montiel a las embestidas de Alexandra? ¿Qué diría la hija del señor Montiel, Valeria, que se había hecho tan buena amiga de Alexandra? ¿Lo aceptaría de buena gana? ¿Daría un primer paso, Montiel? ¿Lo haría?

Se le estaba yendo la mano, y lo sabía. Pero lo disfrutaba demasiado como para detenerlo. Ahora sólo restaba ver hasta dónde podía llegar con una historia que estaba concebida para el horario juvenil. ¿Cómo zurcir en silencio lo que ocurriría entre ellos? ¿Cómo encriptarlo?

Y así, en ese silencio rutinario con que se mueve el tiempo, pronto se asomaría abril. Y con él, los días de calor. Ya en junio comenzaría a sentirse en todo su esplendor. Por eso el tedio, que perseguía en cualquier rincón. Por eso las cervezas, infaltables en la nevera. Por eso evitar encender la cocina mientras fuese posible. Al menos los fines de semana. A las muchachas les encantaba comer pizzas, por lo que solían ir los sábados a Pida Pizza. Luego descubrieron las salchichas alemanas. ¡Qué colesterol, Mario, no seas viejo, vamos! Entonces la fiebre era por comer en Quico y Pancho, que era como le decían a Fritz y Franz, allá en Los Ruices.

Durante la semana, se volvió tan rutinario que almorzaran juntos, que parecían una de esas familias de las series televisivas en las que papá asaba unos filetes mientras una de sus hijas completaba con una ensalada hecha con hortalizas del huerto familiar, y su diligente hermana, tarareando, servía la mesa. Y aunque en su pasado estaba la huella imborrable del triste día que ocurrió *lo de mamá*, sobrevivieron al dolor y ahora sobrellevaban con dignidad su recogida melancolía. Para todo procuraban una sonrisa.

Éxito seguro de audiencia para todo público.

Luego de almorzar y de hacer la sobremesa, Mario se iba al estudio a adelantar algunas escenas, y a seguir esbozando la historia que estaba trabajando. Bastaba azuzar a Alexandra (es decir, a su *alter ego*), para ver por dónde irían las situaciones del próximo capítulo.

Ellas pasaban la tarde en su cuarto hasta que, llegada la noche, él las llevaba a sus casas, se iban por su cuenta o, con el tiempo y sin recordar cómo llegaron a ese punto, a veces telefoneaban a sus madres y se quedaban a dormir. Claro, Gaby decía mami, me quedó con Mario, mientras Karla decía Raquel, me quedo en casa de Gaby. Y era agradable, y hasta feliz era el asunto, con esa vaga felicidad de lo novedoso.

Cuando se quedaban a dormir salían a dar una vuelta, a comer, o al cine. Sobre todo a partir de los jueves. Crema Paraíso, Pida Pizza, Quico y Pancho, Arroz chino en Santa Mónica, hamburguesas en Los Chaguaramos. El menú de ellas era bien limitado.

Usualmente, los sábados, era cine y cena.

Hablaban de las películas con la misma intensidad de quien conversa lo sucedido a un familiar cercano. La tragedia de esa doctora de ojos saltones que salvaba gorilas pero no pudo salvarse de su destino, ni de los gorilas que hablaban y usaban armas; los alucinados disparates del barón Munchaussen, la certeza de que las mujeres se enamoran, como lo señaló Jessica Rabbit, de los hombres que las hacen reír; aquel bochornoso aire del Mississippi en el que Gene Hackman debió imponerse (que no querían ir a ver, pero que Mario las convenció apelando a una ley de "una por una"). Cine, cena y dos chicas alegres y lindas, tan lindas como son las mujeres a esa edad, dando calor a la soledad de sus noches, alejando sus días *blues*, sus madrugadas de fría barra.

14.

Una de esas tardes en que estaban en casa, ellas decidieron cocinar. Habían invitado a Andreína y a Charito, pero por algún motivo que Mario después agradeció, ninguna de las dos pudo ir. Estaban alegres y juraban que comerían algo delicioso, que le darían una sorpresa. Pasaban por esa etapa de los recién casados en la que todo sabe dulce: la alegría de volver a verse, los cuentos del día, la presencia cercana, la facilidad de la risa, el arroz quemado, la luz cortada por falta de pago, la comida desabrida y también la demasiado salada. Estaban, los tres, recién casados. Con la fiebre que invade a los quinceañeros. Los de edad y los de ganas.

Las muchachas experimentaban con unas recetas encartadas en un diario. Mario se estaba preparando para el ineludible costo que eso tendría para su cartera. Pero esperaba en silencio el momento en que se diesen por vencidas, y le tocara consolarlas llevándolas a almorzar afuera.

No se equivocó. En menos de una hora estaban sentados en el *Burger*. En esos días Karla aún estaba deslumbrada con el tema del canal. No se había saciado aún. Como a Gaby, ya se le pasaría. Aunque en el caso de ella había durado menos.

Después que dieron unas vueltas mientras ellas veían vidrieras y Mario las veía a ellas, se sentaron a comer. Luego de llegar con las hamburguesas y comer casi en silencio, comenzó el tema de costumbre. La sobremesa de papitas, la llamaba él.

Ayer vi a Francia Castillo en una revista y sí se veía linda, chama.

Sí, es verdad, esa mujer es muy bonita, repuso Gaby.

¿Y ella es así de espectacular en persona, Mario?

Cuando entra por la puerta de Dramáticos luego de una noche de farra... absolutamente no, respondió Mario con franqueza.

¡Ay, mentirap!, exclamó Karla, horrorizada ante la presunción de que la farándula no encerrase ese mundo mítico, casi mágico, que ella le endilgaba.

Ustedes, recién levantadas, son más hermosas que cualquiera de las protagonistas del canal luego de cuatro horas encerradas en el camerino, comentó, encendiendo un cigarrillo. Entiende algo: salir en televisión sólo significa ser visto por mucha gente. Ya. Los otros, de tanto verlos, terminan convencidos de que son bellos. De que son los modelos de su belleza.

Mario era implacable con el tema. Lejos de contemporizar, cada día se le hacía más difícil ser ecuánime con el asunto. Odiaba las personalidades débiles. Las falsas emotividades. La burda mampostería de sus estilos prefabricados. Se hizo un silencio en el que presumió que el tema había sido agotado. Pero había cosas en las que Karla podía ser infinita.

Mario, y... ¿tú puedes meter a trabajar a quien te dé la gana en una novela?

Claro. Soy el dueño del canal, ando en un *Malibú* por extravagancias de millonario.

Gabriela soltó una carcajada. Karla miró para todos lados, impacientándose:

No vale, es en seriop. Tú me dijiste que has escrito papeles para determinada actriz. O sea, que tú la pides...

Karla quiere protagonizar con Fernando Carrillo ¡Guácatela!, comentó Gaby, arrugando la cara, como quien revelaba un secreto oscuro, escondiendo la risa detrás de la bolsa de papitas.

Está bien, es pecado preguntar.

Te haré mía, Karla de Dios, susurró Gaby a la bolsa de papitas, engolando la voz y cerrando los ojos con mirada miope, como el galancete en cuestión.

Cállate, estúpida, le reprochó Karla.

Yo siempre he pensado que tú eres una actriz nata, le confesó Mario.

¿De verdad? ¿Crees que tengo futuro?, preguntó emocionada.

No importa el tiempo que pase, temblaba la voz del galán engolado, chupándose con excesivo deleite un marchito palito de papa.

Ay, cállate, tú. Dime, pues, Mario.

Seguro. Pero debo advertirte, le dijo con aspecto grave, señalándola con el dedo índice, que el canal no contrata menores de edad. Nunca. Eso que tú ves...

... Pero, y las muchachas de...

... A eso voy, no interrumpas. Eso que tú ves en las telenovelas

129

juveniles... subió el volumen de la voz para de inmediato guardar silencio brevemente... Son enanas que mantenemos en casitas escondidas en los estudios del canal.

Nueva carcajada de Gabriela. Nuevo estallido de impaciencia de Karla.

Ay, necio. ¿Cómo lo soportas?, le preguntó a Gaby, resignándose a que Mario no hablaba en serio, que ella nunca protagonizaría en el canal.

Es en serio, no son muchachas, son viejas. Muy, muy viejas. Ancianas viciosas que han pasado por clínicas de desintoxicación y de reconstrucción. Son drogadictas y lesbianas. Los verdaderos artistas son los cirujanos. ¡Son unos genios! ¡Y qué decir de los sicólogos!

Gabriela se sentía feliz de ver ese huracán, que siempre se adelanta en todo, titubear desconcertada. De verla cediendo, contra sus principios.

Y las escondemos para no pagar a los usureros sindicatos del circo, siguió Mario, ignorando sus reproches, disfrutando del humo de su cigarro, que dibujaba curvas en el aire caliente del local. Qué digo usureros ¡Son unos perfectos mafiosos! Delincuentes, más bien. ¡Criminales!

En serio, chama, ¿cómo lo soportas?, le preguntó a Gaby, para luego censurarle su poca solidaridad. No te rías, gafa.

Lo soporto porque no le pido trabajo. Le saco plata, le respondió, echando una ojeada a la bolsa vacía de papitas. Luego, dirigiéndose a él: Sé buen chico y ve por más papitas, ¿sí, querido?

Haciendo una profunda reverencia, Mario se levantó con

gesto teatral:

Sus deseos son órdenes, pretty girl, comentó.

¿Ves? Sólo hay que utilizarlos, escuchó que le decía Gabriela a Karla, riendo.

Mientras hacía la cola para ordenar las papitas, las veía a una riéndose y a la otra fingiendo molestia. Gabriela disfrutaba de poner a Karla a la defensiva, y Mario disfrutaba de ver a Gaby tan alegre. A ella, que era tan formal, que cuando reía lo hacía con la lejana gracia heredada de su madre. Y sonreía complacido de estar viviendo esos momentos, de estar escribiendo a Karla bajo el nombre de Alexandra, de haber encontrado un pasadizo a un laberinto que la tenía a ella en el centro. Y la buscaba, y la perdía, y la volvía a encontrar. En eso había estado durante los últimos meses.

Esa noche que empezó en el *Burger*, terminó en una visita a la barra de Miguel. Fue la primera en que, finalmente, Mario se sentó con las chicas en una mesa y se tomaron una jarra de sangría. Las chicas se sentían adultas, divinas. Miraban a los lados para cerciorarse de que las estaban viendo, y que actuaban de acuerdo a la situación. Miguel observaba a Mario y sus ojos decían algo que el otro no terminaba de entender. Pero Mario lo conocía suficiente para saber que si la boca del asturiano no se abría, nunca se enteraría qué querían decirle esos ojos taciturnos.

15.

Que no es éste, hombre. Es que todos los gobiernos son malos, afirmó Miguel.

Mario había pasado un rato al salir del canal, porque las muchachas no irían a la cueva esa tarde. Y para ver si tenía suerte y lograba que el asturiano le pusiera algunas palabras a esa mirada de dos noches atrás. Cansado de bordear temas que se acercaran al asunto, se resignó a que, si acaso llegaba a hablar del tema, lo iba a hacer cuando a aquel le viniera en gana. Estaban hablando de cualquier cosa cuando Mario se quejó de ciertos trámites burocráticos que tenía que hacer en una oficina pública.

¿Y qué hacemos? ¿Los eliminamos a todos?, preguntó Mario, sin ánimo de ponerse solemne.

¿Eliminarlos? ¿Tú dices eliminarlos?, lo miró fijamente Miguel. Bueno, no sé si eliminarlos. Lo que sé es que, por definición, no merecen nuestra confianza.

Coño, yo no sabía que eras anarquista, Miguel. Me estás resultando más interesante de lo que creía.

Qué anarquista ni qué carajo. Yo sólo sé que mi padre me decía, y a este se lo decía mi abuelo, que no se debe confiar en alguien al que lo votas y le pagas para que te joda.

Mario escuchaba y pensaba lo fácil que resultaría caracterizarlo psicológicamente. De hacerlo, acotaría que es dueño de una capacidad de reducir cualquier asunto en apariencia complejo a unas cuantas sentencias cuya solidez desarman, y de hallar espesor en cosas de apariencia trivial. De esos tipos para los cuales el ejercicio de conversar puede reducirse a intercambiar las palabras mínimas para mostrarse de acuerdo o en desacuerdo con lo que se plantea; dejarse llevar por una nostalgia de sensaciones vagas, de referencias ausentes, o reñir a sus amigos con cariñosa aspereza. No es posible en él otra forma de manifestar su cariño que desde esa vía. Quizá la entenderá como la única forma permitida por lo viril.

Estar conversando un tema trivial, usualmente sobre proyectos personales, y no entender su punto, merece de su parte un toque de solemne indignación, como si la culpa de no entenderlo fuese del otro. Mario aprendió a adoptar, para esos casos, su mismo aire de gravedad, y responderle con una ambigua evasiva que le permita al otro inferir que entiende perfectamente el alcance de sus palabras.

Con que no me joda es suficiente, decía mi padre cada vez que en una oficina pública le preguntaban que en qué podía ayudarlo, recordó Miguel. Así mismo lo decía.

Necesarias palabras, traídas por los mismos que trajeron la burocracia, acotó Mario.

Joder, que trajeron la burocracia pero nunca el orden.

Así fueron construyendo esa forma de amistad entre dos seres que se saben extraños, cuyo razonamiento siempre resultará impenetrable.

La amistad producida entre forasteros.

De esa manera han logrado conocerse sin demasiadas referencias personales, salvo las mínimas necesarias para un relato circunstancial. Y eso cuando Miguel no está malgeniado. O cuando Mario no expele ese eventual hermetismo que a veces lo invade. De resto, cada vez que la barra está ligera, hablan durante horas sin hablar de nada. Quizá la sangre caribeña de Mario le ha permitido más infidencias de las necesarias. De parte de Miguel, salvo en una ocasión memorable, es poco lo que Mario sabe de su vida privada. De resto, lo necesario para una amistad entre dos cuarentones con afición por la soledad, el confortable ambiente de la barra y el aroma de la empanada gallega.

Y aunque sea igual a todas, concluyó Mario, no hay como la barra de Miguel, a la que algún día entró por casualidad saliendo de la oficina, cuando trabajaba en una agencia de publicidad por la Solano, y allí se quedó.

A pesar de lo circunspecto de su trato, Mario sabe que tiene en él a un amigo. También sabe que cuando su voz oscura y alquitranada le dice vete a casa lo dice porque ya duda de su capacidad de llegar a salvo a la cueva. Quizá le apene la idea de perder un buen cliente. Quizá se haya acostumbrado a conversar con él. O quizá teme que algo le pase una de esas madrugadas en que vuelve a casa, luego de despachar a los noctámbulos de todas las noches, y nadie en su vida solitaria se percate de que no ha llegado aún. Solidaridad entre náufragos, le llaman.

Por eso usualmente Mario le hace caso.

A veces algún pintor o poeta, aburrido de pastar dentro de su bien delimitada comarca, exploraba otros territorios y se dejaba caer por su barra. Él los nombraba con cierta indiferencia, pero nunca dejaba de comentar sobre sus visitas. Y los conocía por sus nombres. A todos. Le parecerían seres raros, pero en el fondo le despertaban simpatía. La simpatía que profesaba por los inconformes.

16.

Hacia el final de aquella mañana, cerca ya del mediodía, encontró la llave que debió haber pensado mejor antes de usar. Había hecho un receso en el trabajo para preparar el almuerzo, pensando que las chicas se dejarían escuchar de un momento a otro.

Como a los cinco minutos sonó el timbre.

Mario se extrañó de escucharlo, porque Gaby tenía llave de la casa. Abrió la puerta, intrigado, y frente a sí, acalorada y con aspecto marchito, vio la figura de Karla, que hizo un gesto de alivio acompañado de un suspiro largo, y se abrió paso empujándolo con un brazo y dándole un beso en la mejilla de pasada. Entró corriendo, directo hasta el baño, tirando el bolso sobre un mueble.

Ocho pisos por las escaleras, gritó regresando a la sala, lanzándose sobre el sofá. Ese examen sí estaba difícil... Respondí menos de la mitad... Allá dejé a la Gaby, pariendo, decía mientras buscaba en su bolso un cuaderno para abanicarse, mientras se recogía el cabello con la otra mano. Ay, no aguanto estos zapatos, comentó al reparar en ellos, y se los quitó, uno con el pie del otro, lanzándolos lejos de sí. Luego, con dos movimientos precisos, se quitó las medias, y comenzó a mover los dedos, felices en su repentina libertad.

Debo deducir que el ascensor se dañó de nuevo.

Nooo, Mario. Adoro hacer ejercicios cuando vengo cansada del liceo.

Y haciéndote pipí.

Y haciéndome pipí, repitió ella riendo.

Mario sonrío también. Ejercitarse en el arte de la respuesta rápida es un adorno de la personalidad, solía decirles. Es un indicio de sagacidad, recalcaba. Y aunque ese intento había sido bastante pueril, le enterneció que a ella, a juzgar por su expresión, le pareciera satisfactorio. Ese toque de femenina agresividad, sabiéndolo dosificar, adorna el porte, les argumentó en una ocasión. Luego del cuarto vino, durante las veladas de los viernes, Mario solía esgrimir las teorías más originales que ellas hubiesen escuchado en su vida.

Descansa un poco, ya te traigo agua, le dijo.

Al regresar con el agua, se sentó a conversar con ella de cualquier cosa, mientras esperaban a Gabriela.

(Esa noche, echado sobre la cama, fumando un poco antes de dormir, Mario volvería a repasar ese momento de la tarde, buscando el preciso instante en que él encuadró el detalle de sus labios, fijamente, sin audio, en cámara lenta, y quedó atrapado en sus movimientos. Tampoco le sería fácil ubicar cuándo, sin percatarse de lo que estaba haciendo, comenzaría a masajear esos pies pequeños bajo su complaciente mirada; mirada que, como todo en ella, era la de una mujer que se sentía dueña de la situación.)

Mario se mostró extrañado de que Gaby no hubiese llegado con ella, y Karla, sin abrir los ojos, le explicó que del examen iría al centro a buscar unos materiales para una exposición. Que llegaría como en una hora.

Eso es lo que dice ella, porque últimamente está muy rara.

¿Un novio?, preguntó él.

¿Y no me lo va a contar a mí? No se lo perdonaría nunca.

El amor secreto tiene más emoción, comentó Mario con la esperanza de que Gaby en efecto estuviese saliendo con un chico.

No la defiendas.

¿Celosa?

Yo lo que estoy es cansada.

¿De ella?

No, vale, de haber subido ocho pisos, y soltó una carcajada.

Quedaron en silencio un rato. Entonces, como si él no fuese él, o como si su voz la estuviese escuchando por un reproductor, se escuchó decir, con naturalidad:

¿No te quieres echar un baño para que te reanimes? Compré un jabón líquido que es muy relajante. Es de cayena, o algo así. Debes estar acalorada. Por más que sea, ocho pisos...

No hubo en ello planes ni libretos. Nada con forma concreta pasó por su mente, pero que conversara distendida mientras él masajeaba sus pies pequeños y delgados con sus uñas pintadas de un fucsia pálido, usualmente escondidos dentro de los zapatos; que se pusiera cómoda y cerrara los ojos mientras le contaba sobre su día; que se tomara unos segundos en sopesar la propuesta; le generaba una apagada euforia que le costaba reprimir. Otra vuelta de tuerca a esa convivencia entre dos seres de sexo opuesto.

Ella accedió con una indescifrable sonrisa. Se puso de pie y fue al cuarto, mientras él se iba a la cocina, tratando de aplacar la intranquilidad. Escuchó la puerta del baño y, a los pocos minutos, el grifo de la ducha abrirse.

Luego de unos cinco minutos, escuchó su voz, a lo lejos, decirle algo que no alcanzaba entender.

¿Qué dices?, inquirió Mario a través de la puerta.

¿Que si será esté?, escuchó su grito encajonado.

La imagen de la siempre vestida Karla, hablándole del otro lado de la puerta, con un envase en la mano, desnuda bajo su regadera, le producía cosquillas en el estómago. Lo urgía a asomarse al otro lado de una cortina que él prefería no abrir.

No hay equivocación posible. Debe ser ese que tienes en tus manos, respondió.

Sin embargo, un cuadro, fugaz e inesperado, se le presentó con la luminosidad de una foto: la falda doblada en dos, la blusa encima, el sostén desinflado, las medias encogidas en diferentes direcciones, y la pantaletica (¿Estampada o unicolor? ¿De algodón?) enrollada sobre sí misma como un caracol que esconde su parte más fragante, coronando el montoncito que descansaba sobre el gabinete del lavamanos.

Pero asómate y dime si es éste, insistió ella, para reponer de inmediato: Mentira, Mario, es jugando. Soltó una risita provocadora, que sonó subterránea y se vino hacia él, arrastrándose por la rendija de la puerta.

Sí, lo sabía. Ella estaba jugando, y eso lo tenía él más claro que ella misma. Se fue a la cocina escuchando su risa, y no pudo evitar traerse consigo la imagen de ella, flaquita como la concebía, erizada por el frío la carne de su cuerpo firme, de sus brazos delgados, con el pote de espuma en la mano, untándoselo por la piel, dura como esa goma de borrar cuyo aroma impregnaba su bolso, el cabello pegado a su espalda en tiras gruesas y mojadas y, de sus pestañas cargadas de pequeñas gotas de agua, dos ojitos maliciosos jugando a la trasgresión. La lluvia de imágenes aceleraba y comenzaba a coger forma. Sería vano el picaporte si el asunto se volviera irresistible, por lo que se alejó todo cuanto pudo de esa puerta que lo separaba del poderoso imán que lo seguía llamando.

Luego de ducharse salió de prisa, envuelta en la toalla, dando saltitos en dirección al cuarto de Gaby. Desde la cocina, Mario trataba de negar una y otra vez que sentía una emoción expresa, tangible. Una emoción que amenazaba con tomar el control. Una amiga conexa, repetía el término que le gustaba usar para referirse a ella. Una amiga conexa.

Como a los diez minutos salió descalza, con una franela de las que Mario le traía a Gaby con alguna promoción del canal, y su falda del liceo. El cabello se le pegaba a la espalda, empapándole la franela. Por el frío, sus pies se veían pálidos. Por tanto, desamparados. Irradiando esa lejana cercanía que causa fascinación.

Una revelación se le presentaría a Mario, desbaratando su mantra, fulminando su distancia: sin sostén y sin blusa escolar, esos pechitos pequeños, esos botoncitos erectos, exigían atención como toda ella lo hacía, con todo lo que eso significaba. De civil era una vecina joven, no la amiguita de su hija. Espoleado por ese pensamiento se quedó en la cocina mientras ella se sentó en el mueble, revisando unos apuntes en un cuaderno, y conversándole desde la sala.

Trataba de concentrarse en lo que estaba haciendo. Quería darle un rango científico a las proporciones perfectas de cebollín, ajo, pimentón, sofriendo y él, más ajoporro, claro, el ajoporro siempre ayuda a darle malicia al sabor; la temperatura está en su punto; busca un puñito de cilantro, forzándose a prestarle a esa mecánica operación la atención que requeriría el aterrizaje de un 747 con una turbina apagada, sofriendo y revolviendo. Pero no podía evitar esa necesidad de alimentar, eventualmente, la imagen de esa franela delineando las teticas con las que Karla, recién bañada y descalza, inédita, desconocida, flaca, lo invitaba en silencio a reconstruirla dentro de su mente.

¿Qué se te está quemando, Mario?

Todo bajo control, le respondió.

Y se sometía a ese impulso, saliendo frecuentemente para verla y llevarla consigo a la cocina. Y atendía el caldero y veía esos pechitos en los que, no podía negarlo, reparó con toda la intensidad con que había estado tratando de ignorarlos desde el día que la conoció, sentada en el mismo mueble.

Y hubiera podido mantenerse dentro de los límites de ese vaivén, pero todo se complicó cuando ella le preguntó algo de Castellano en unos apuntes que revisaba.

Tú sabes que lo que ustedes ven en Castellano no tiene aplicación en la literatura.

Pero ella insistía, por lo que Mario apagó la hornilla y se sentó a su lado con el fin de tratar de resolverle la duda. A ver, dijo cuando estuvo a su lado y se inundó con el olor de sus diecisiete años. Ese olor, mezclado con el de sacapuntas y goma de borrar que salían de su bolso, ofrecieron a su olfato un algo inexpresable que no había reparado que existiera, y no volvería a percibir nunca más con esa claridad tan brutal. Un olor y un calor por dentro que parecían venir de un pasado remoto. Llamar desde un algo sin forma que nunca se consumó satisfactoriamente, y que se guardaba con cuidado para manifestarse en ese momento con todo su esplendor.

Urgido por justificar un contacto, por explicar las necesidades de tocarla, se escuchó preguntarle, en el primer momento que pudo, algo así como qué te parece cómo deja la piel, refiriéndose al jabón, y un poco escandalizado con lo que hacía, ¿verdad que es relajante?, reprimiendo un temblor, metió la mano por debajo de la franela hasta alcanzar la piel, y deslizando la yema del dedo pulgar por su espalda, aseveró que, en efecto, los resultados eran notorios.

O algo tan tonto como eso.

Goma de borrar. Fue un impulso inesperado, generado por su frescura y su proximidad. La humedad que quedaba en su piel aumentaba la sensación de firme suavidad que producía deslizar los dedos por su espalda. El primer contacto, el momento del chispazo, su dedo resbaló por la firmeza de unos contornos que parecían tallados a partir de un mismo trozo. Una sensación muy lejana al registro sensual de cualquier adulto mayor de treinta años. Goma de borrar era la definición más precisa.

Iba a retirar la mano, un poco espantado, dispuesto a

enmendar esa irrupción de las sagradas fronteras que había respetado todo este tiempo, antes de que ella hiciese el más mínimo gesto de incomodidad.

Iba a hacerlo, se lo prometió, pero este gesto no llegaba, por lo que permaneció allí, desconcertado pero sin retirar la mano, para luego razonar que no tenía motivos para renunciar a ese disfrute, por lo que comenzó a acariciarle la espalda y la cintura en silencio, precisando con la yema de los dedos el ángulo que dibujaba ese camino entre la huesuda cadera y la diminuta cintura. Goma de borrar. Desatado de las formas que habían estado conteniéndolo, abiertas mansamente las puertas del cielo, se abalanzó a su interior. La repentina dureza que adquirieron los botones de su pecho anunciaron que nadie estaba ofendido con lo que sucedía, y que su silencio era una forma implícita, si no de participación, sí al menos de aprobación. De connivencia.

Los ojos de ambos recorrían las líneas buscando un invisible hipérbaton, mientras unas manos recorrían una espalda y otras sostenían un cuaderno. Mario debía estar atento a los dos terrenos, ya que a la primera evidencia de distracción de su parte, ella amenazaba con retirarle la visa, alejándose imperceptiblemente, y volviendo a acercarse sólo cuando él retomaba la lectura de esas líneas que habían perdido todo sentido, cuando retomaba la búsqueda de esa figura literaria escurridiza, escrita en arameo o algún otro idioma antiguo. Su mano, ya de su cuenta, se escurrió de pronto y sin prisa hacia adelante, encontrándose con la alcabala de un brazo que bloqueaba el camino con decisión. Con la mínima decisión para detener, aunque no la suficiente para disuadir. En ese punto permanecieron algunos minutos, ya asumidas las reglas del juego: él insistiendo en traspasarla con una presión regular y sostenida; ella, con similar persistencia, impidiéndolo. Más allá de esos pechitos erectos, el objetivo se había vuelto ese pulso entre ambos, ese juego de fuerzas que se oponen como una forma de buscarse. De imponerse. Y él jugaba concentrado en eso.

En el momento menos pensado, sin saber qué orden recibió de quién sabe qué parte de sí misma, mirando el cuaderno como desentrañando una sentencia profunda, como si al fin hubiera hallado el esquivo hipérbaton, ella levantó el brazo con fingida distracción, abriendo ligeramente los labios como una milimétrica réplica de lo que acababa de hacer con el brazo.

La mano, olvidada del fingido desinterés, reptó para arropar la blandura de su carne, maravillándose porque en tan breve dimensión estuviese cincelado un completo, redondo y dolorosamente firme pecho de hembra. Tan firme como la goma de borrar que estaba en su bolso. Lo palpó un instante de esos que abarcan el universo, mientras aparentaban estar ajenos al asunto.

Acababa de romper las leyes fundamentales y lo sabía. Se estaba lanzando al infierno y en ese instante no le importaba en lo absoluto. Más que un dios solitario, se había vuelto, en un segundo, un dios proscrito. Y lo sabía. Dudoso de la reacción de ella y de su voluntad, abrazándose por completo a esa nueva condición, llevó la mano libre al otro, pero esta vez por fuera de la franela, ejerciendo una ligera presión sobre el duro pezoncito y acariciándolo con suavidad, alternativamente.

Le preguntó de pronto, saltando ese equilibrio de silencios cómplices, cómo se sentía más agradable, aludiendo a las caricias sobre sus pechos, si *así* o *así*. Lánguida, sin volver el rostro que seguía fijo sobre el libro, con una mirada húmeda, casi melancólica, respondió luego de un suspiro: asíp, apuntando con la boca hacia la mano que acariciaba por fuera.

Retiró la otra mano de debajo de la franela y la colocó por encima, apretando y acariciando, él en silencio, ella con los ojos casi cerrados sin soltar el cuaderno, hasta el abrupto instante en que un estruendo de metales pequeños cayó dentro de sus oídos.

Las llaves de la puerta.

17.

Como si lo hubiesen planificado, Mario corrió a encender de nuevo la cocina mientras ella siguió sacando libros y cuadernos de ese bolso con olor a lápiz y a goma de borrar con fragancia de frutas.

¡Tenía que dañarse el ascensor justo al mediodía!, fue lo primero que dijo Gabriela apenas asomó la cabeza por la puerta. Siguió con su perorata de ese examen sí estaba pelúo, chama, seguida de un Mario, mi amor, me muero de hambre, ¿está lista la comida?, lanzándole besos, quitándose los zapatos y echándose sobre el mueble, tal como menos de una hora antes lo había hecho Karla.

Oui, madame, dijo Mario con una reverencia.

¿Te bañaste? Buena idea. Yo como que también, comentó, viéndole el cabello húmedo a Karla, y se fue al baño mientras Mario se disponía a servir la comida, observando todo de reojo.

¿Se te quemaron los aliños, Mario?, preguntó en el pasillo, haciendo un elocuente gesto con la nariz, desabrochándose la blusa mientras caminaba, cerrando la puerta del baño tras de sí.

Todo bajo control, repitió mecánicamente Mario a la misma pregunta.

Con Gabriela volvió un reflejo incompleto del mundo que había sido. Un reflejo desdibujado, que nunca más se recompondría.

En adelante, ya Karla no sería más Karla, la amiguita de su hija. En adelante, sería una mujer pequeña con los pechos más firmes que recordaba haber tocado en toda su vida. Era sólo Karla, un nombre propio aislado de cualquier referencia que atenuara todo el poder de su condición femenina.

Al salir Gaby de la ducha, se sentaron a la mesa en silencio —al menos Karla y él— mientras Gaby le inquiría a ésta sobre las respuestas que puso en cada una de las preguntas del examen, y le contaba acerca de los preparativos de la exposición. Después se fueron al cuarto a conversar. El resto de la tarde ni Karla ni Mario mostraron interés en hablar uno con el otro.

Como a las cinco se fueron a sus casas. Lo esquivo de su despedida le hizo ganar terreno a la angustia. La incómoda semana que transcurrió a continuación la pasaría buscando en cada silencio de Karla una condena, y en cada gesto de Gaby, un reproche. Jurándose, por Henrik Ibsen, por Bertolt Brecht, que si Karla no le contaba lo sucedido a Gaby, él jamás volvería a acercarse a esa tentación tallada en la madera del árbol del placer.

18.

Luego de aquella tarde en que usó una llave para tropezar con los pechitos de Karla, debió soportar durante días el fantasma de su deliberada displicencia. Ese nubarrón amenazó cada rincón de la cueva, acechando, dándole una explicación a cada mirada, a cada silencio, a cada palabra proferida u omitida.

Al quinto día, sin embargo, ella cambió la seña. Cuando Mario comenzaba a sentir arrepentimiento, a desear que no hubiese pasado nada aquella tarde, cuando hubiese querido eliminar esa escena de la edición final, ella se despidió de él, cual cupido ebrio, lanzando flechas a su paso:

Yo sé que está muy ocupado con sus libretos, señor escritor, pero podría despegar la cara de la pantalla para despedirse de mip. ¿O es que soy tan feap?

Descubrió en ese momento que estaba necesitando desesperadamente sentirla volver, así, deliciosamente tontita. Giró la vista hacia el marco de la puerta del estudio, desde donde ella lo miraba mientras cantaba una canción de Mecano. Una que estaba pegada en la radio. *Quiero estar junto a ti*, decía mirándolo fijamente. *Oh Oh Oh Oh.* Sus maneras, su sonrisa, el brillo de sus ojos, eran un todo repentino, *Oh Oh Oh Oh*, en esa chica que hasta hace unas semanas pastaba doméstica por su vida. *Quiero estar junto a ti.*

Una flecha de las que ella disparaba le dio de lleno. Sintió que quería comérsela, sin importarle nada. Sin embargo se limitó a acercarse hasta ella para darle un besito de despedida. Un besito. De esos distraídos. De persona ocupada. Cortés. Desinteresada.

¿Te vas? Bueno, no te pierdas el próximo episodio, le dijo mientras el besito, que ella se apuró en guiar en su aterrizaje, fue a dar al borde de la comisura de sus labios.

Sujetándolo por la camisa, lo miró largamente, para al fin comentar, arrastrando las palabras:

No me respondistep, bailando todo el cuerpo como solía hacerlo cada vez que quería hacerse notar.

Y su mano pequeña seguía sin soltar la camisa.

¿Fea? Para nada, Alexandra, contestó zafándose de esa mano que se reprimió de morder, apretándole la nariz en un gesto que intentaba desmantelar su cara de vampiresa principiante. Llámame en cuanto llegues a tu casa, beba, le dijo a Gabriela que estaba saliendo de su cuarto, a la vez que volvía a su computadora y fingía estar muy ocupado tecleando algo importante. Y ahora, abandonad la nave, genio trabajando, dijo sin quitar la cara del monitor.

Seguro, papi. Hasta mañana, respondió Gaby, lanzándole un beso. Vamos, Karla.

Salieron, dejando el radio de su cuarto encendido.

Ese Mario si es loco, ¿Y ahora quién es esa Alexandra? escuchó de la voz de su Alexandra, mientras se alejaban por el pasillo.

Y aunque siguieron sonando canciones antes de que se

decidiera a apagar el radio, la melodía no lo abandonó en toda la tarde. La aniñada voz de la Torroja lo amenazaba, susurrándole sibilinamente Quiero estar junto a ti.

A partir de entonces, los ocasionales besitos rondaban la cercanía de los labios con peligrosa frecuencia. Estaba cayendo en una trampa con una criatura de diecisiete años, a escondidas de otra, representando los rollos que tanto gustan a los chicos de esa edad, sin saber cuál sería el próximo paso.

Comenzaba a parecerle más impredecible el señor Montiel que la misma Alexandra. Que el señor Montiel no era más que un hombre, frente a Alexandra, que después de todo era una mujer.

Había llegado a un punto en que no tenía fuerza para detener lo que estaba ocurriendo. Y lo peor era ver cómo ella se hacía de la situación desde su sonrisa impúdica, desde su tongoneíto mascando chicle, desde el aplomo con que medía la dosis de acercamiento que le proporcionaba, controlando los pasos de Gabriela y los de él, dominando los movimientos de los tres dentro del territorio natural de Mario, tirana, dueña de todo.

Y adquirió un dominio tal del escenario, que un día llegaría a crear un sistema de comunicación que incluiría pizarras de mensajes a la que Mario consultaba y acataba sumiso, ansioso. En las ventanas de la cocina, en las esquinas llenas de polvo, allí, discretamente, en un rincón incómodo al que nadie tenía nada que buscar, dejaba un número, escrito con su delgado dedo índice. O sobre el vidrio del monitor de la computadora. O con lápiz en un borde de la hoja de diagramación del libreto en el que estuviese trabajando.

El número era la hora en que lo esperaría en la puerta de su edificio para que, luego de haberlas llevado a las dos a sus respectivas casas, pasara por ella de nuevo. Usualmente era para dar una vuelta. Para verlo acechar en torno a ella, disfrutando del poder que le daba abrirle ciertas rendijas donde él intentaba escabullirse. Sin promesas. Como dos adolescentes (toda la experiencia y el escepticismo del mundo no valen un centavo si el objeto del deseo tiene apenas un poco más de quince años). Y todo desde el impecable rol del guardia que se dejó sobornar mirando al horizonte con falsa indiferencia, mientras el otro, el malhechor, apura el paso.

Él se justificaba diciéndose que la estaba usando para escribir a Alexandra, y que no tenía interés en que pasara más nada entre ellos. Sin embargo, de haber tenido amigos, no hubiese sido capaz de contarles lo que estaba viviendo.

Y aunque él fingía desinterés, o argumentaba un interés *profesional,* salía corriendo como un animalito de Pavlov cuando escuchaba que se habían ido, o cuando volvía de dejarlas, para buscar su invitación, para husmear su rastro en cualquier rincón de la casa. A veces, para castigarlo cuando estaba brava, o por sádica diversión, ponía sólo una X. O una infantil calavera.

Infantil, pero asesina.

En esas noches, si estaba haciéndose la idea de que la iría a buscar, si había pasado la tarde paladeando el momento en que pudiese disfrutar de olerla y tenerla cerca para tocarla con cualquier pretexto, para embriagarse con la música de sus palabras, le resultaba un tormento quedarse en casa.

Entonces reaparecía por la barra a conversar con Miguel, hasta que se sentía listo para tirarse sobre la cama sin caer prisionero de sus garabatos y su olor a goma de borrar, o hasta que el asturiano le dijera:

Hombre, Mario, vete a casa. Ya está bueno por hoy.

19.

Es la era de los adolescentes. Lo testimoniaba la prensa del mundo. Stefi Graff gana el Grand Slam con sólo 19 años. Boris Becker, con dos años menos, gana en Wimbledon. Vampiro y sus secuaces: los precoces anarquistas Red Barchetta, Private Sector, N. J. Hack Shack, Store Manager, Treasure Chest y Beowulf, todos menores de edad, todos virtuosos del mundo digital, entraron impunemente en las inexpugnables computadoras del Pentágono. En el mundo real, Matthias Rust, con una modesta avioneta y sus inquietos 17 años, atravesó 600 kilómetros de la también inexpugnable muralla de hierro, desde Finlandia, para aterrizar en la Plaza Roja de Moscú. *Felicidad y paz para todos*, parece que dijo a los atónitos caminantes al bajarse de la nave, pero los del KGB no entendían su bienintencionado alemán. Karla, con 40 kilos y algo, decide cuándo trabaja, cuándo espera, cuándo se desespera, cuándo lee prensa sin prestar atención el cuarentón padre de su amiga.

Era la tercera vez que intentaba adelantar unos capítulos. No podía evitar volver a esas imágenes que se le lanzaban encima, cada vez que intentaba concentrarse. Una boquita, la sensación de firmeza bajo su mano, un brazo delgado apoyado en el marco de su puerta, pies helados, desnudos... Y volvía la boquita, y los pies, y la espalda con rastros del baño reciente. Y un besito. Y una canción de Mecano. Y una amenaza en esa mirada que sonríe. Y un dilema.

Hubiese sido más fácil volver de esa encrucijada de no tener esa secuencia en cada rincón de su mente. De poder decidir con libertad. Usó una llave y se había asomado donde no debía, y ahora le resultaba difícil retirar la vista. Como cuando se comete el error de mirar a los ojos de las serpientes. Hay que tener la resistencia de un fakir para poder desasirse. Y la disciplina y el sometimiento de las pasiones no eran el lado fuerte de Mario.

Sabía que no se encontraba en la entrada. Que había traspasado el umbral hacía algún tiempo. Que esa tarde de pechitos apretados, vista en perspectiva, era el resultado esperado de una larga lista de sucesos que culminaron en ese punto. Un camino largo en el que el afecto, las emociones desbordadas y la euforia de hormonas briosas, eran las protagonistas. No era extraño que ella —y él, intentando adaptarse a sus códigos— desconociera ese afecto que se basta con una cálida sonrisa, con un par de cariñosas palabras, para entender la vivacidad de los sentimientos.

Para ella, agradecer una amabilidad se traducía en oprimir y besar, dando grititos. Sentirse contenta suponía abrazar, apretando esos pechitos pequeños contra lo que estuviese a mano, fuese el pecho, o la espalda, o los brazos de Mario. A esa imprevista inquietud de las entrañas, le daba rienda suelta a través de mordiscos, pellizcos, uñas hincadas. Y chillidos apretados. Y no eran gestos de intenciones eróticas. No, al menos, de forma consciente. Porque esas reacciones no eran exclusivas de las emociones festivas. La rabia, la depresión, el miedo y la tristeza las manifestaba con la misma gráfica y elocuente violencia. A diferencia de Gaby, más calmada, las comunicaciones de Karla se encontraban, podría decirse, en un estado bastante más primitivo. Más silvestre.

Estaba, además, en una edad necesitada del roce sensual. Eso de verlas —inicialmente divertido, luego sorprendido, y después envuelto en una mezcla de preocupación y curiosidad— pugnar por su afecto, se convirtió en algo que debió asimilar. Que Gaby solicitara la calidez de su abrazo, por una circunstancia determinada, conducía a que Karla, en la próxima oportunidad disponible, hiciera lo propio, reclamando el mismo trato, el mismo calor.

Como la vez que salían del cine del CCCT, luego de haber visto una comedia prescindible. Ante el enojo de Mario por la intolerancia de las chicas a sus propuestas gastronómicas, Gabriela se disculpó abrazándolo.

No te pongas bravo, chico.

No se había zafado del abrazo, de los besos y cosquillas de Gaby cuando tenía al otro costado a Karla, diciéndole similares palabras, abrazándose a él, besándole el hombro, buscando su clemencia, y diciendo está bien, tú ganas, vamos a comer paella, pasándoles el brazo por la cintura. Esa tarde caminaron hacia el estacionamiento abrazados los tres.

En adelante ella nunca se conformaría con menos. El afecto debía repartirlo en proporciones justas.

20.

Agua fría y caliente en el momento en que se unen. Esa era la vida cotidiana de Mario. Dos direcciones encontradas en un mismo abrazo, en una misma lucha de cosquillas, en un mismo besito de despedida al dejarlas en sus casas, los días de semana.

Los fines de semana transcurrían con la fluidez con que transcurrirían en cualquier hogar. O así le parecía a él. Los adolescentes siempre requieren de algo que los sacuda. Si no salían a algún sitio, buscaban cualquier pretexto para salir. Para vestirse. Así fuese a comprar algo de comer; aunque no hiciese falta. Así salieran mil veces y mil veces se vistieran y desvistieran y se cambiaran de ropa. Era como una necesidad de estar en comunicación consigo mismas, de estar a la vista del mundo. Una especie de rito que las desdobla, que las pone en contacto con su piel. Luego salían del cuarto (salían a escena) como ángeles custodios, a caminar descalzas por toda la casa. A hacerse notar con sus ruidos y la música de sus hermosas tonterías.

Mario las sentía entrar y salir, las veía pasar, y le parecía que las quería. Que podía ignorar por momentos la tensión que le producía Karla y dedicarse a disfrutarlas como dos amorcitos sensuales y alegres. Como la conjunción perfecta de las virtudes de una mujer, desplegadas en dos polos opuestos y complementarios. Agua fría y caliente al mismo tiempo.

Ese domingo, con el sopor propio de ese día condenado al descanso, Mario intentaba leer un libro para unas guías que debía preparar. De pronto dejaron de llegarle sus ruidos. Algo inasible e inquietante como un presentimiento sustituyó al irregular rumor de sus voces.

Cuando creyó poder leer en paz, apareció Karla. Mario insistió, sin embargo, en adentrarse en el texto. *El espectador no estará satisfecho porque quiere saber como resultará el próximo intento de lograr el ajuste.* Camina en silencio, arrastrando sus pies descalzos frente a él. *Esperamos que las personas cuyas intenciones se han frustrado traten tarde o temprano de obtener el ajuste.* No se conforma con eso. Insiste. *De modo que un final infeliz...* ahora está buscando algo en la biblioteca de Mario. ¿De cuándo acá deja cosas suyas en mi biblioteca?, se pregunta. *Originado en el ajuste que se podrá lograr...* tararea por lo bajo, pero lo suficiente como para que la escuche... *más tarde en un falso final infeliz.* ¿Dónde estará?, más que preguntar, canturrea, para luego dar al fin —ajá, aquí estás— con un bolígrafo que estaba sobre el lomo de un libro grueso. Lo tropieza. Insiste en concentrarse. *El espectador no estará...* Ahora pregunta por una libretita que, jura, había dejado por allí mismo. Mario responde con un monosílabo. *El espectador no estará...* ¡Ay, pero qué calor tan fastidioso!, dice ahora. *El espectador...* ¿Verdad que hace calor, Mario. Ella gana. Mario cierra el libro y se dedica a observarla.

Qué raro que están tan calladas, dice.

Ella esquiva la ironía. O la ignora inocentemente. Comenta:

Gaby se quedó dormida. Y como yo no tengo sueño, vengo a

hacerte compañía.

Dime que es mentira, exclama Mario con cara de calamidad.

Pero no sólo no tenía sueño: algún motín interno (como aquel que decidió quitarle el enojo aquella tarde en que le cantó mirándolo de frente) se empeñaba en contradecir la laxa quietud dominical. Sin saberlo, necesitaba de su vieja bicicleta.

¿Tú sabes leer por telepatía?, susurró Karla, arrebatando el libro de sus manos, y corriendo hasta el otro extremo de la sala.

Que Gaby estuviese durmiendo era demasiado peligro para Mario. Ella, sus fotos, sus paseos rondando en torno a él, le habían intoxicado la sangre. No era su culpa. Menos frente a la ambigüedad de la pregunta. Fue por el libro, como ella se lo estaba exigiendo. Él suponía que podía permitirse bordear el asunto y volver de nuevo a su butaca. De hecho, se lo exigió a sí mismo. Voy por el libro, me regalo su fragancia, su contacto, y me demuestro fuerza de voluntad al volver a mi butaca, ilesos todos.

Eso se estaba diciendo cuando llegó frente a ella.

Entrega el arma, Karla, que estás rodeada.

[Esto quedó anotado en la libreta de Mario, dos días después: *"El asunto está en la fricción. Siempre que un hombre y una mujer tengan suficiente cercanía para establecer contacto físico, están en peligro de caer prisioneros de sus hormonas. Nadie tiene que premeditarlo, simplemente si un hombre y una mujer (sin distinciones de ninguna índole) se tientan, seguirán haciéndolo sin percatarse de que están buscando placer, que atienden a sus deseos".*]

La acorraló con su cuerpo, y ella apretó el libro entre sus

brazos. Sin embargo, sentía que podía permitirse ese paso, consciente de que Gaby dormía y estaban solos en la sala. Que podía desactivar la bomba, profesional y limpiamente. Pero Gaby podía salir en cualquier momento. Pero llegaron al mueble del fondo, el que usan para ver televisión. Pero la sola silenciosa mirada de Gaby bastaría para sentirse avergonzado.

Mario intentó rescatar el libro con un par de movimientos rápidos e infructuosos. Ella apretaba el libro contra su pecho. Mario recurrió a las cosquillas en los costados, en los brazos, en los muslos. No pudo evitar resbalar hasta ella. La sentó en sus piernas. Parecían fotogramas lejanos. Estaba y no estaba. Casi podía ver la escena escrita, desde afuera. Mientras él dirigía ataques a sus costados con puntadas precisas de sus dedos, ella de pronto dirigió hacia él una mirada quebrada, vidriosa. Una mirada como aquella que tenía, viendo fijo en el cuaderno, en el momento en que dejó pasar la mano por debajo de su brazo. Una mirada que duró un segundo antes de morder su mejilla, riéndose y diciendo bajito deja o te muerdo de nuevop, para que él no la dejase.

Fue un corrientazo. La incursión de un relámpago en una noche desierta, que desbandó las palabras de Mario. Sintió, a un mismo tiempo, su saliva fría y su aliento caliente. Lo miraba de una forma que ella misma no podría explicar.

¿Quieres otro?, amenazó. Entonces suelta, insistía con sus risitas borrachas.

Mario, sintiendo aún su saliva en la mejilla, pensó de pronto que debía estar tan mojada como su mirada. El pensamiento se le presentó con una curiosidad casi científica. Y sin tiempo para razonar, ni mayor avidez, sintió la necesidad de constatarlo. Deslizó con rapidez la mano, de la rodilla al muslo, mientras ella, separando ligeramente una pierna, tratando de ver hacia otra parte, repetía riendo un dejap... O te muerdop. Y miraba eufórica a todas partes. Subió su mano y llevó un dedo hasta la pantaleta de algodón, que despedía calor desde antes de tocarla, sintiendo al otro lado de la tela algo tibio, mullido y, en efecto, bastante mojado. Ella echó la pelvis mecánicamente hacia atrás, pero volvió de inmediato a su posición original.

Te voy a morder, insistió, casi como una promesa, riendo, mientras él sentía como se desfiguraba la energía de esa amenaza.

Mira como estás, se atrevió a decirle, en un tono entre retozón y afable, casi un dulce reproche disuasivo, como si ese gesto fuese algo cotidiano.

Deja, chico. Te dije que yap, volvió a decirle.

Insistir no estaba en sus planes. Haberla tocado tampoco lo estuvo. Encenderse hasta el borde del temblor, menos. Había sido una curiosidad, la confirmación de saber que en ese jugueteo reacciona de la forma en que lo hace cualquier mujer. Constatar que en cada gesto infantil suyo está detrás la reacción de una mujer. Era un juego y ella se veía deliciosa negando lo que ocurría. Y allí radicaba su destreza: si se indignaba, estaba admitiendo el carácter sexual del asunto; ignorarlo era, de alguna manera, apostar a la inocencia para evadir el claro sentido sexual de la situación. Era estar por encima y, por tanto, libre de culpa. Obviamente se decidió por la segunda opción.

Dame el libro, anunció Mario la retirada, asumiendo que eso no había pasado, que no debían hablar del asunto.

Toma tu aburrido libro, respondió dándoselo bruscamente, aceptando detener el asunto, retomándose, sabiendo que no podría seguir sosteniendo el juego sin ponerse en evidencia. Total, ya va a empezar el *jitparei*. ¡Te vas a quedar ciego de tanto leer!, gritaba por la sala, mientras se alejaba del fuego.

Mario volvió a su butaca y fingió volver a la lectura. Ella fingió ponerse a escuchar música, cantando desafinado para llamar su atención. La acumulación de energía requería drenarse de alguna forma. Cantaba y bailaba, dando saltos. *El espectador no estará satisfecho porque...* leía por enésima vez cuando Gaby, con un ceñudo gesto heredado de su madre, se apareció en la sala, despeinada y parca, informándole que sus gritos la despertaron.

Y quería dormir un rato, chama.

Mario se desvaneció un poco, como para no estar, empotrado en su butaca.

Discúlpame, chama, dijo Karla.

Luego de un incómodo y breve silencio, agregó:

¡Ay, que calor! Yo como que mejor me doy un baño.

21.

Yo nunca te he echado este cuento, le dijo Miguel.

Y comenzó a contarle esta historia:

Aparentaba unos diez años menos. Blanco, delgado, ojos claros y tristes. Excepto por sus cejas pobladas, tenía un rostro pueril. Cualquiera que no atendiera a las inflexiones que ya delataban desesperanza cuando conversaba, juraría que acaso tendría un poco más de veinte años. Por eso la familia de ella, lejos de cerrar con recelo el portón que custodia "la virtud", vio su amistad con simpatía. Y como era tan serio, tan trabajador (los padres, sobre todo las madres, a veces sin darse cuenta, siempre piensan en el pan), más bien les agradaba sus visitas. Serio y trabajador, una fórmula que genera doble confianza. Eso descerraba dos trancas de ese pesado portón que debía atravesar.

Se llamaba Liliana, dice con un asomo de sonrisa que le es ajena, casi tierna. Pero le decían Lilita, agrega, y al decirlo parece reencontrarse con el exacto sabor que tenía esa boca. La conoció en la zapatería que en la que trabajó cuando llegó a Venezuela. Ella era la empleada más joven y él el único extranjero. En un ambiente homogéneo las rarezas suelen ser las que se atraen. De la zapatería sólo les quedó el contacto.

El papá de Lilita siempre estaba de viaje. Que era una forma pudorosa de no decir que se había ido de la casa. Y, parece mentira, pero más complaciente era la abuela que la mamá, comenta. Es decir, mucho más. Nunca los vieron como novios. Y cuando se enteraron de que le llevaba a Lilita —¡Nombrarla es verla, hombre!— casi quince años, lejos de rechazarlo, comenzaron a tratarlo con mayor deferencia. Él, que hasta entonces procuraba no delatar su edad, aprovechó eso para enraizarse, para opinar con más autoridad. Eso le trajo como consecuencia que se acrecentara su prestigio entre las otras mujeres de la casa (que incluían, además de la mamá y la abuela, dos hermanas menores).

Él no sabría explicar qué les hacía pensar a ellas que entre los dos no ocurriría nada. Al contrario, se empeñaron en creer —oficialmente se empeñaron en creer— que él era una especie de chamán, de consejero espiritual, un ser venido de otro mundo, con esa cara de serio y trabajador, dotado de una nobleza caballeresca, de una sabia claridad, elevado por sobre las cosas mundanas. Que era inmune a las turgentes formas morenas de Lilita, a sus ojos oscuros, a su boca carnosa, a sus manos desesperadas.

A ellas les gustaba mi acento, acota con una pueril vanidad que pocas veces se permite. Quizá por eso le parecían más sabias las palabras dichas, más o menos razona, ensayando una explicación.

Venían de lejos, acota Mario en una de las pocas interrupciones que se permite.

Y Lilita, que se encaprichó como se encaprichan las chicas de esa edad, tenía una ascendencia obscena sobre la abuela. Si se encerraba a llorar, en uno de sus proverbiales ataques de depresión, llamaban a su chamán para que tú que la comprendes, ve qué le pasa a la niña. Y se encerraban en su cuarto, como lo haría el médico con su paciente, mientras la familia esperaba que él saliera a ofrecer su diagnóstico.

Qué gente tan loca. Jamás en mi vida había vivido algo así, afirma de una manera que no deja lugar a dudas. Y así como eran de distintos, era Lilita de terrible, de temeraria. Podían encerrarse en la cocina los dos solos, y nadie entraba a molestarlos. Por ningún motivo. Y Lilita sabía eso. Y no tenían nada, claro. Esa era la cara que ponían tanto la madre como la abuela. Era evidente que mientras el papá siguiera de viaje, él era el hombre de la casa.

Aunque no lo dijo, se entiende que hacían el amor en la cocina, en el baño, en el cuarto. Estuviera o no la abuela (la mamá llegaba a media tarde del trabajo). Y la voracidad y la capacidad amatoria de Lilita anunciaban lo que luego diría con palabras. Qué carajita tan loca, exclama como si esa historia que cuenta estuviese pasando en este momento. Como si fuese el espectador de una película. Lilita quería salir embarazada, quería un hijo, un hijo tuyo, le decía en la oreja que le atenazaba con los dientes, encerrados en el baño, de pie, jadeando en un comprimido abrazo. Y la abuela afuera, frente al televisor.

Haciéndose la pendeja, precisa Mario en un murmullo.

Pero Miguel, un día de aparente felicidad, huyó espantado. Huyó de una Lilita que no le daba tregua, que se lo iba a engullir con su hambre Caribe, que lo estaba enloqueciendo, empujándolo fuera de sus límites. Huyó de un nombre que, como ahora, se corporiza en cuanto lo nombra. Huyó tanto de ese Lilita, de ese nombre que encarnaba tanto placer, que tuvo que buscarla, verla, años después, cuando supo que estaba casada y que tenía dos hijos. Verla casada, con los años que el tiempo y la condición le agregaron, fue lo único que le hizo sentirse a salvo de esa Lilita que le mordía la oreja una y otra vez, en sus noches de insomnio, mientras fingía una crisis existencial para encerrarlo en el cuarto, con la complicidad tácita de la abuela, de la mamá. Héroe de unas hermanitas que amenazaban con ponerse en la fila, para cuando Lilita ya no estuviese, para cuando perdiera esa fuerza caníbal. O cuando lograran arrebatárselo a dentelladas.

Yo, compañero, por eso es que, a esas que se ven más niñitas, más candorosas, es a las que les tengo más miedo, le comentó al final, desde su lado de la barra, con una mirada que delataba lo que Lilita había arrasado, y que en verdad quería decir.

Mario entendió hacia dónde iba el asturiano con su historia.

Luego de haber permanecido un rato en silencio y pasar un trapo mecánicamente por sobre la barra, dijo que luego conoció a otras hembras —y hasta me sentí enamorado un tiempo de la que fue mi mujer—, pero que nunca volvió a sentir lo mismo.

Y mira que lo buscaba, agregó. Lo buscaba con desespero para llenarme de otros olores que nunca me dijeron lo mismo.

Un día, años después, viendo a su propia hija, le explicó al amigo que lo escuchaba un poco a la defensiva, descubrió qué era lo que echaba de menos en aquella voraz Lilita. Qué buscaba infructuosamente en la vida. Y no tenía que explicarlo: el brillo en sus miradas; esa edad de la mujer en que promete ser feliz siempre al lado de uno. Esa edad en que la mujer sólo quiere la felicidad, no la seguridad. La felicidad, el gozo lascivo, irresponsable. Siempre, en todo momento. Menuda promesa, eh, dice sonriendo con la mirada húmeda, cuando Mario quita las palabras de su boca.

Ese es un veneno que es mejor no probar, sentenció, completando su faena.

Luego de un silencio melancólico, agregó, con su voz de dos cajas de cigarros al día, como de muerto que se despierta:

Sí, vine a encontrar una mirada así de franca y de limpia, en los catorce, quince años de la Marucha. Pero nunca en una mujer adulta.

Mario prefirió callar mientras pensaba qué decirle. No era tema para tratar con ligereza, tomando en cuenta la angustia de aquella mirada que tenía Miguel, la noche en que él llegó con las chicas a la barra. Él sabía que Gaby es su hija, y que corría tanto peligro con él como Marucha con Miguel. Le bastó un vistazo para precisar el cuadro de él con Gabriela y Karla, juntos días enteros juntos en su apartamento.

Él sabía de qué estaban hablando.

Así es, es un veneno que es mejor no probar, repitió recordando esa noche y esa cara.

Mario terminó su whisky en silencio, incapaz de decirle nada. ¿Así habrá sido su alarma cuando me vio aquella noche, que se permitió echar mano de esa confidencia, rompiendo su impenetrable privacidad?, se preguntaba paladeando el trago.

De pronto, viendo su vaso vacío mientras el otro seguía en sus asuntos, cerca de él, le comentó, meditabundo:

La verdadera belleza de la mujer está en lo que promete, Miguel. Así no lo entregue nunca. Así lo postergue hasta el punto en que ya no valga la pena. Y no hay promesa más persuasiva, más esperanzadora, que la que hace con la mirada.

Sí, la mirada delata el tamaño de la promesa, completó el asturiano.

Quedó en silencio otro rato, con la desagradable sensación de que había hablado demasiado, de que se había expuesto innecesariamente.

Y te vas temprano esta noche, ¿no?, comentó Miguel cuando lo vio ponerse de pie, al cabo de unos diez minutos.

Uno se pone viejo, Miguel. Qué se le va a hacer, respondió dejando el vaso sobre la barra. Haciéndole un gesto con la mano rayando en el aire con un bolígrafo imaginario, salió despidiéndose con un monosílabo.

Suerte, hombre, gruñó Miguel al verle salir, de reojo, mientras se dirigía a la caja registradora a guardar la tarjeta con su consumo.

22.

El parte del tiempo anunciaba un cielo despejado. Hacia el mediodía, como era de esperarse, un esmalte plomizo cubría buena parte del azul caraqueño. Mario tenía tiempo de sobra esa tarde, pero aduciendo lo contrario se ofreció a llevar a las muchachas temprano a sus casas.

Hacia el final de la tarde se me va a complicar el tiempo, mintió.

Tomó la Cota Mil, comentándoles que así evitarían el tráfico.

Además, cuando caiga la lluvia, el centro va a estar muy congestionado, concluyó.

Resolvió en voz alta que, a la inversa de lo usual, dejaría primero a Gaby y de vuelta llevaría a Karla.

Voy a comprar unas cosas por Plaza Venezuela, explicó.

Gaby razonó que, en efecto, más tarde habría mucha cola por la vía a su casa, mientras la mirada de Karla buscaba en el retrovisor, esperando una pista para entender el juego. No le gustaba estar al margen de las señas. Tampoco, no tomar las iniciativas en los juegos en los que participaba.

Mario dejó a Gabriela en la puerta de su edificio. Como si hablara consigo, se dedicó a enumerar las tareas que le esperaban en casa, luego de hacer las compras. Le dijo a Karla que se pasara para adelante y, sin darles oportunidad de nada, se despidió de su hija lanzándole un beso. Cuando el carro se puso en marcha, las chicas se gritaron algo sobre un libro.

Yo lo llevo mañana, acordó Gaby.

¿Qué estás haciendo, loco?, preguntó estirando el cuello y los dedos de las manos, luego de despedirse de su amiga.

Hoy me siento solo, le dijo parcamente.

Karla guardó silencio durante unos segundos, como midiendo algo. Luego negó bruscamente con todo el cuerpo:

¡No señor! Llévame a la casa, respondió, arrellanándose en su asiento. Acompáñese con sus libros.

Sin quitar la vista de la vía, Mario comenzó a gemir bajo, como un cachorro indefenso.

Tú si eres payaso. Está bien, pero un ratico asíp, accedió señalando con su pulgar una mezquina medida en su dedo índice.

Así de pequeño, aseguró él, y sonrió pensando en el veneno en copa del que hablaba Miguel, pero también en la humedad de Karla cuando rescató el libro y en el frío de su saliva y el calor de su aliento y en su sonrisa misteriosa cantando como Ana Torroja y en un *closeup* de su boca con un pedacito de helado bajándole por el labio y en el ambiguo silencio de Gaby y en la cara de tedio de la señora que atravesaba la calle con un perrito lanudo entre sus brazos y en la severidad de los rostros de todos los que salían de sus trabajos. Y en el cielo ya casi completamente gris.

Sin darse cuenta, llegaron al edificio en silencio. Mario reparó de pronto en que ella había estado tarareando una melodía que sonaba en la radio. Cada vez le resultaba más fácil aislarse. Quizá de verdad comenzaba a sentirse solo. A pesar de ellas.

Apenas estacionaron, antes de bajarse del carro, volvió el rostro para mirarla.

Acompáñame a ver una película que debo entregar mañana.

Vamos, dijo ella encogiéndose de hombros.

Estaba convencido de que se sentía solo y de que esa dupla que hacían ellas dos lo sumía en una mayor soledad. Lo obligaba a actuar, desde afuera, su papel de eterno adolescente, de anfitrión, de equilibrista. Y esa tarde quería dejarse llevar. Sentir la piel de goma de borrar como único diálogo. Sólo eso. Se sentaron en el sofá y él puso una película de las que buscaba en la tienda de videos y que usualmente devolvía sin ver.

Poco a poco, cansada de indagar el objetivo real del juego, ella se fue distendiendo. Poco a poco, como hacía cada vez que quería lograr algo de ella, fingiendo que no estaba ocurriendo nada, él la acurrucó en su pecho, con las piernas reposando a lo largo del sofá. Aplacada la tensión de estar solos los dos en la cueva, a Mario se le ocurrió que la situación ya no estaba en sus manos. Que en adelante seguirían un libreto ajeno. Que bastaba con no pensar.

Transcurrían las primeras escenas. Actuaba William Hurt y era una historia triste con una fotografía en grises, pero con los pies de ella enfundados en esas medias (lo que hacía ver más delgados sus tobillos) recorriendo el sofá, no alcanzaba a prestarle mayor atención a la tragedia del flaco melancólico y solitario.

Goma de borrar, se dijo a sí mismo.

La tristeza de Hurt se debía a un niño que había muerto. Mario permanecía en silencio, extraviado en los caminos de Karla, controlado por sus movimientos. Dejándose llevar por ese libreto ajeno en el que sus escalofríos, sus suspiros, sus movimientos lánguidos, lo iban guiando como un faro en la noche.

Avanzada la película, ya estaba en esa situación que le impedía armar estrategias que lo desconcertasen. Tenía como media hora de haber comenzado a acariciarla con el mismo aire distraído que empleaban los pies de ella para dibujar caminos en la superficie del sofá; a deslizarle caricias, con las yemas de los dedos, por todos los rincones de su piel. En respuesta, cada vez que tomaba conciencia de hacia dónde iban, ella intentaba ganar tiempo evidenciando lo interesada que estaba por la trama.

Ah, es que ellos estaban casados, comentó. Pobrecito ese señor. Debe ser muy duro, dijo más tarde.

¡Qué delicioso mientes! pensó, mientras sentía que sus cuerpos ya habían establecido una comunicación en la que ellos estaban al margen. Llevó los pulgares al borde de su blusa, comenzando a hacer presión para que saliera de dentro de la falda, mientras ella jugaba a seguir con interés el drama que, a lo lejos, vivían William Hurt y Geena Davis.

Se acercó a su cuello y aspiró hondo, dándole besos mínimos, oliéndola, para luego, minando su resistencia, cerrar los ojos para dar un pequeño mordisco en un rincón que se obsequiaba en silencio, mientras sus manos llegaban al primer botón de su blusa, sin prisa. Con resolución.

Mario nunca imaginó que Karla, con los vellos de los brazos erizados, lanzara un suspiro largo y, sosegada y distante, comenzara a desabrocharse lentamente y en silencio los botones de la blusa del liceo. Estaba desconcertado con esa niña que, nuevamente, se hacía dueña de la situación. No tenía plan alguno pero no esperaba verla hacer eso. Si ella en ese momento se hubiese detenido, Mario se lo hubiese agradecido. Uno, otro, otro, otro, sus dedos delgados parecían descoser la blusa.

Se la quitó y se puso de pie para seguir con la falda.

¿Qué? ¿No es esto lo que quieres, Mario Ramírez?, preguntó con suavidad, sin obtener respuesta.

Se veía más diminuta de lo que él la imaginaba; pero de nalgas más carnosas. Ya vap, repetía mientras caminaba hacia su cuarto, con él detrás, silencioso y obediente, como a ella le gustaba.

En esa lluvia que se desató al fondo, en el silencio del cuarto frío con las sombras temblando en las paredes, se desabrochó el sostén y dejó caer las dos tiras de sus hombros, más delgados en su desnudez, girándose con calma en un gesto torpe y coqueto, hasta dejarle ver esos conitos observándolo en la opacidad de la tarde. Afuera, la historia de la película seguía su curso paralelo.

Luego, fijando su mirada en él, llevó sus manos a los notorios huesos de las caderas, para hacer el amago de comenzar a deslizarlas por ellas, retrasando la acción, fallando y retomando el intento, fingiendo bajarlas junto con la telita de algodón.

Porque yo sí tengo tiempo queriendo hacer esto, completó sonriente.

En esos intentos de enganchar la esquiva pantaleta, bailaba con una suavidad y una sonrisa deliciosas. Con los ojos cerrados, se movía y él sabía que escuchaba una música silenciosa, que esa escena la había ensayado muchas veces hacía mucho tiempo. Y, para su despecho, ese *mucho tiempo*, iba mucho más lejos del tiempo que tenía conociéndolo, que no era todo lo personal que su ego hubiese querido.

Los atardeceres de junio son de un impúdico rojo. Con la cortina dejando pasar una franja de esa luz que comenzaba a adormilarse con el ruido de la lluvia, Mario vio producirse la alquimia de esa chica de medias blancas y falda plisada a la luz del mediodía, mudar de piel para convertirse en una diosa de cuerpo breve sobre su cama.

Viéndola tumbada sobre las sábanas, con las medias como único vestido, se acercó y se las quitó con lentitud para ver al fin su cuerpo absolutamente desnudo. La isla de su pubis gritaba en contraste con su palidez mientras se movía, en trance, como una serpiente a punto de atacar.

Acostada boca arriba sus pechos se veían escandalosamente infantiles, casi inexistentes. Y más aún luego de que los pezones se irguieran al húmedo paso de la lengua de Mario. Sin embargo, ya no se trataba de Karla, ni de Alexandra. Era una mujer que aguardaba en su cama de eterno soltero. Una mujer como tantas otras que desnudó en esa cama, pero increíblemente más bella que cualquiera. Increíblemente más bella. Más llena de sorpresas. De tragedia.

Su desnudez, la lluvia, la soledad de Mario, el haberla

encontrado luego de buscarla siempre donde ya no estaba, todo eso, agolpado de pronto, le impidió ensayar complejas laboriosidades. A cada contacto de sus labios, el cuerpo pequeño (y firme hasta el desconcierto) de Karla daba un respingo.

Las luces que llegaban desde el televisor de la sala eran tan grises como la tarde que caía. William Hurt, a lo lejos, lloraría desconsolado, Geena Davis parecería tan perturbada como él. Mario la sintió tan frágil y tan pequeña que temió hacerle daño con su peso. Geena intentaría darle consuelo, mientras Mario paladeaba la impresionante belleza de esa edad, de una frescura que no recordaba haber visto nunca cuando ella, viéndolo seria, fijamente a la cara, respirando con profundidad, abrió las piernas. En el punto donde se unían esas piernas flacas, rodeada de vellos castaños, emergía una inmensa sonrisa, húmeda y rosada, entreabierta, como la boca que espera un beso.

Hurt recitaba en *off*, impersonalmente, algo como una lista de cosas por hacer. Mario entregó el beso que ella pedía. Karla lanzó un suspiro silbante. Mario fue subiendo hacia su rostro y se acomodó sobre ella con un cuidado infinito. Las facciones de su rostro, desde esa inédita perspectiva, parecían las de una extraña. En ese momento él tomó conciencia de cuánto cambia un rostro cuando se lo ve por primera vez en su cuerpo desnudo.

Karla, en silencio, tomó una mano de él y la llevó al punto donde todo siempre comenzaba, desde que lo descubrió encerrada en su cuarto, allá cuando dejó de entender el lenguaje de Cristina y Sarah. Él comenzó a frotar y ella a agitarse lánguidamente. Los recuerdos, más que visuales, serían sensoriales. La música se asemejaba tanto a la lluvia, que parecía estar sonando en la vida y no en el VHS. Se deslizó entre sus piernas, sintiendo el roce suave de sus muslos pálidos, y penetró lentamente por su húmeda tibieza, en un espacio amable pero apretado. Llegado al fondo, ella dejó escapar un gemido, cerró los ojos y comenzó a mover sus caderas en un ritmo creciente. Las hizo girar hasta alcanzar un movimiento deliciosamente procaz, hasta que la amiguita de Gaby desapareciera para siempre, esa tarde, tumbada sobre la salvaje blandura de su cama de soltero.

Por un instante Mario llegó a presentir que esa felicidad iba a ser eterna. Y de inmediato sintió temor de ese pensamiento. La silvestre franqueza con la que la mujer gemía y se movía, buscando que el placer la atiborrara por dentro, marcaron un punto de no retorno con respecto a todo lo que Mario había conocido en la cama. Un punto de no retorno, que redefiniría sus apetitos. El advertido veneno, el que envicia y hace despreciar al mundo.

Me tengo que ir, dijo de pronto, abriendo los ojos, luego de estar una media hora en silencio, pensando y viendo todos los detalles de la habitación. Sabía que podía quedarse, tal como lo había hecho en otras ocasiones. Pero también sabía que no lo haría. Que su defensa consistía en no hacer jamás lo que se esperaba de ella.

Al volver del baño, se vistió con presteza. Con pudor. Mientras se iba disfrazando de colegiala iba retomando algo que lo volvía todo más escandaloso. Una vez vestida, retomó su rol. Su frívola alegría. Se sentó en la cama para ponerse los zapatos cuando, como lo hubiera hecho América quince años atrás, le dijo:

Llévanos mañana a ver *Moonwalker*, que ya la estrenaron.

¿Qué vaina es esa?, le preguntó intentando abrazarla.

La película de Michael Jackson, respondió, inquieta dentro de su abrazo.

¿Y qué le vas a decir a Raquel?

Que tengo que estudiar para el examen de biología, que llego tarde, y que no se preocupe porque el papá de Gaby nos lleva. Y sonreía ignorando el significado de la palabra cinismo. Total, ella está más pendiente de la hora en que empieza la novela que de la hora en la que llega su hija.

¿Y ya tú lo decidiste?, digo, lo de la película.

Anjáp. Y ahora llévame a la casa que tengo sueño. Anda, porfa.

Poniéndose de pie, comenzó a lanzarle la ropa a la cara, como la colegiala que, de hecho, volvía a ser. Luego agarró su bolso y las llaves del carro, esperando que él se vistiera para entregárselas con la naturalidad de haber estado haciendo ese gesto durante los últimos años de su vida.

Y por el camino me compras una hamburguesa, ¿verdad que sí?

23.

Ese punto exacto donde confluyen la inocencia y una sensualidad que apremia, ese querer pero no querer, ese es el estado puro de Alexandra. El núcleo de su personaje. Nunca confiesa qué quiere. Jamás refiere nada explícitamente. No funciona así. No se pueden llevar sus juegos al mundo de las palabras, porque son juegos elusivos. Lo directo pierde encanto y obliga a tomar decisiones, responsabilidades sobre lo que se hace. Proponerle, mencionarle, nombrarle, supone una sonrisa tonta, una mirada juguetona, una pregunta irritante, infantil, un chillón "¿qué de qué, chico?", un "¿Yo? Yo soy una chica muy seriap".

Y Montiel, después de todo, sigue siendo el señor Montiel. Por eso el juego es perfecto. Él tampoco puede admitir que se permite ciertas intimidades. La implacable lógica de la moral está allí, esperando que se admita, que se reconozca, que se concrete en palabras ordenadas, las cosas que hacen las manos, las intenciones, las hormonas, para caer con todo su rigor. Entonces, así como suele ser inexpugnable a través del camino de las palabras, deja siempre una puerta abierta al retozo desprevenido.

Todo se reduce a cazarla con las defensas bajas. Ese es el juego. Esas, las reglas.

Puede tomarla por la cintura, o sujetar con firmeza sus caderas, justificando la escena, y de allí, manteniendo el ritmo de la situación, deslizarse en sus juegos. Dejar que se siente en sus piernas. Un pechito apretado contra una espalda, mientras se lee una noticia en la prensa. Caricias descuidadas en un pie que se le trepa a las manos, mientras ven televisión. Nada definitivo ni definible. Nada que pueda sustanciar un expediente. Sólo deslizarse en el juego y esperar sin esperar. Demoliendo la vigilia hasta hallarla aligerada de cautelas. Así puede aparecer de pronto la hembra que no se exime de una agreste intensidad. Luego, a hablar de otras cosas, a hacerse los desentendidos.

A volver a ser el señor Montiel. A volver a ser Alexandra.

Si él quiere disfrutarla sin empeñar su paz debe acatar ese juego con obediencia. Además, lo nominal tiene el agravante adicional de lo establecido. Queda encerrado en su definición. Y eso es un pecado mortal cuando aún no se alcanzan los veinte años. El riesgo de nombrar, de aceptar, es el de despertarla, aburrirla, agitar el imprevisible cofre de su ánimo. Y él asumió sus condiciones como su privilegio.

Escurrirse entre sus recovecos mientras conversan, acalorarla con calculados contactos "al descuido", forman parte de un refinado inventario que enriqueció su sentido del placer. Hace tiempo que el señor Montiel había decidido que no iba a cuestionar su moralidad, ni pensaba asistir a un analista porque la estaba pasando bien. Sobre todo porque en el territorio de las palabras, que es donde existen las convicciones y las razones, no sucede nada definible entre ellos.

Montiel atravesó ese camino incierto a partir de un razonamiento que seguía con fe militante, y que le duró ese corto pero intenso período de su vida: El mundo de las palabras la lleva al mundo de la moral, por eso el sexo sólo concibe una comunicación remota, primitiva. Una comunicación anterior al lenguaje.

24.

Cuando llegó a casa ya estaba oscureciendo. Las luces estaban apagadas. Agradeció al santo patrono de las chicas traviesas, como quiera que se llamase, haber podido alcanzar su cuarto sin ser vista por nadie. Estaba convencida de que su cara, su mirada, eran sus más encarnizadas enemigas. Sus delatoras.

Se vio en el espejo del cuarto y no pudo evitar una carcajada que le salió del estómago. Una carcajada luminosa. Esa mirada borracha, esos labios hinchados, eran un monumento al descaro, a la concupiscencia. Se volvía a mirar, en detalle, y le salía otra carcajada. Por más vestida que estuviese, sólo con verse la cara se sentía desnuda. Debía echarse un baño para quitarse esa cara y volver a ponerse la de siempre. La que usaba para hablar con mamá. La de cabello recogido en un moño. Buscó una toalla y, aprovechando que aún la casa estaba sola, se dio una larga ducha.

Era tan difícil poner en una sola palabra esa sensación etérea. Porque, además de cansada y aturdida, era una plenitud eufórica, como si su cuerpo hubiese recibido buenas nuevas venidas de lejos. Era un cuerpo declarado en celebración. Las increíbles imágenes que se repetían en su mente eran tan insistentes pero tan enmarcadas en imágenes borrosas, que comenzó a dudar si habían ocurrido. Y con ella de protagonista.

Lo recordaba y no podía evitarlo. Era una risa boba, ella lo sabía; pero era una risa inevitable. No de alegría, ni salida de su mente. Era una euforia física. Saberse agotada, sentir cansancio en las piernas, eran la confirmación de que no se lo había inventado. Que esa voz susurrando, esas caricias, esa sacudida de los sentidos no eran imaginarias. El tenue dolor en los músculos le provocaba esa risa sin sentido.

Y reía todavía cuando llegó su mamá y le preguntó qué tal el día. Y también cuando fregó los platos sin chistar. Y cuando estaba viendo televisión en la sala (en ese momento estaban dando las noticias). Y cuando su mamá le hablaba de algo que ella no llegó a escuchar. Y tanto que no podía quitarse esa cara irresponsable, que optó por tomar un libro y ponerlo frente a sí, para sonreír y reírse tumbada en el sofá, sin que le preguntasen qué resultaba tan gracioso. Estaba segura de que si se lo preguntaban, sólo podría responder con su sonrisa borracha. Cada cierto tiempo pasaba la página del libro, aunque seguía viendo las mismas imágenes. Cada cierto tiempo las revivía. Siempre, antes de que la escena terminara, la volvía a arrancar desde el principio. Era demasiado sabrosa para dejar que llegara al final. ¿Quién decía que medir fuerzas con un hombre de más experiencia era un riesgo innecesario? Gafa es lo que eres tú, se decía escondiendo su cara en el libro.

No tuvo tiempo de aburrirse de esa risa y de esas ganas de contárselo a alguien y de esa agradable sensación de que la vida fluía con el viento a favor. Al poco tiempo descubrió que esa deliciosa experiencia no se repetiría. Que del otro lado de la línea no había nadie. Que no volvería a ocurrir, simplemente. Sin explicaciones. Que esa alegría era ya, tan pronto, un recuerdo feliz que se amargó en un segundo.

El segundo que duró en comprenderlo.

Y se dijo que no iba a llorar en la calle, por lo que apuró el paso. Y se fue a su cuarto, en la cueva, a llorar en silencio, toda la tarde. Y durmió y se echó un baño y se fue a su casa sin despedirse. Y salía del liceo, cada mediodía, a encerrarse a su cuarto en la cueva, donde el gran Mario no hacía preguntas inoportunas. Y un día, luego de su ración vespertina de llanto sin pensamientos, se dijo que nadie era digno de su derrota. Y ese mismo día decidió que no podía seguir viéndole la cara a esa fracasada del espejo, esa que hasta hace unos pocos días se reía con inocencia de su travesura. Y decidió que necesitaba un cambio. Y se cortó el cabello y se comenzó a maquillar. Y se animó a comprarse unas sandalias en una zapatería de La Candelaria. Y entendió que la vida es ruda y que no basta que ella sea buena con los demás para que no le toque su parte.

Y, con el tiempo, entendería que lo complicado del asunto estriba en no bajar la guardia ante la vida sin llegar a perderle el gusto. Y resolvió que algún día, para honrar su amistad, se lo contaría todo a Mario.

25.

Apenas se asoma el segundo semestre, se comienzan a discutir en el canal los unitarios de la siguiente temporada. Las miniseries habían demostrado que eran rentables, que tenían aceptación del público. Producían hasta cinco simultáneamente. A Mario le pidieron un par de sinopsis, pero sólo pudo desarrollar una. La presentó bajo el título de "Loca estación de amor". Era el tipo de nombre que gustaba a los ejecutivos del canal. Así ganaría una disposición favorable para su historia, porque sabía que la idea no era muy original. Emparentar amor y locura lo ha venido haciendo la literatura desde que empezó a relatar las cosas de la vida.

Trata sobre una mujer madura que conoce a un caballero de su edad. La dama es una profesional jubilada. ¿Contadora? No, sería muy cerebral. ¿Arquitecto, quizá? Tampoco, su situación económica no es tan holgada. Quizá historiadora, o alguna profesión similar. ¿Antropóloga? En fin... Del pasado del caballero no se sabe mucho. Tampoco parece estar demasiado acomodado. Aunque ninguna huella delata un exceso de trabajo en su pasado. El rasgo más destacable en él, lo que llamó la atención de la señora, es su personalidad. Excéntrico, sería el primer término que le pasó por la mente. Atemporal, le agregaría cuando el hechizo estuviese más avanzado. Lo que se saca en claro es que es de un estilo poco común. Aunque no despierta recelos inmediatos. Ligeros rasgos que delatan extraños hábitos. Pero a la señora, sola desde hace mucho tiempo, le gusta esa música y se acopla a su cadencia. Razona que, después de todo, así debe vivirse la vida. Con la brevedad y la violencia de las olas. Que ha pasado demasiados años tratando de vivir dentro de la cordura. Quedando bien con todo el mundo. Siendo una buena hija y una buena vecina.

A medida que la relación avanza, para ella pasa a ser normal hacer cosas que otros consideran "peculiares", extrañas. En una palabra: sospechosas. Vale recordar que la dama vive sola. Nadie a su alrededor, en su cotidianidad, puede advertirle que ¿no has notado que ahora lloras con mucha frecuencia? Tampoco le dirán ¿desde cuándo masticas cabellos?

Por tanto, se va desbocando sin frenos hacia esas *naturales* excentricidades, sintiéndose cada vez más cercana a él. Y, de alguna manera, más cercana a sí misma. Y al avanzar hacia ellas, se vuelven invisibles. Mientras más *hoy* se acumula, menos *ayer* vale indagar. Menos *ayer* para contrastar. Y el caballero, atractivo, imprevisto, encantador, la tiene hechizada. Como ocurre con todos los intensos amores tardíos.

Tiempo después, luego de ya existir como un sólido *nosotros*, conoce a la familia de él en una reunión familiar. Vale acotar que él había sido esquivo con el tema. Cuando llegó a la casa donde se celebraba la recepción, ella pensó que ese encuentro se había postergado porque él sentía vergüenza de ella. De hecho, era sorpresivo el holgado nivel económico de la familia, dado que el aspecto de él más bien se inclinaba a la austeridad.

Sin mayores preámbulos descubre la verdad: en su familia no pueden creer que se haya aparecido con una dama, una dama bonita y bien cuidada como ella. Comienza el espectador a comprender el por qué de esa ausencia de pasado, el por qué esa orfandad de señas genéticas.

Lo han internado antes en sanatorios. Toma medicamentos. Delira (aunque ya casi no). Todo lo descubre ella, brutalmente, de bocas frívolas y distantes que no escatiman crueles detalles. Todo se dice entre chistes y frases al descuido, rociadas de vino y ocasiones provocadas. Lo dicen miradas con sonrisas torcidas que se llevan a la boca copas con manos colmadas de anillos. Lo cuentan sonrisas de falsa cordialidad que la espían y murmuran, buscando su pedazo de locura. Ella, tan normal como siempre, tan vida común, lejos de asustarse ante las componendas familiares, encuentra un motivo real para vivir: tiene al fin su oveja negra de la familia, su amor contrariado, su felicidad adolescente. Tiene, al fin, el novio que mamá nunca le aceptaría. Tardíamente, le dará dolores de cabeza a una madre muerta hace más de diez años.

La dama se enfrenta a una decisión. Por una parte, su encantador lunático, a todas luces desheredado. Por la otra, los miedos y aprensiones cultivados durante tantos años de soledad, que siguen allí, fieles como el hambre. ¿Qué decidirá? Decide que su vida es una libreta con ya muy pocas páginas por rayar. Sin pensarlo demasiado, cierra los ojos y se sumerge en la locura, una locura voluntaria, escogida. Alcanzan un mismo código. Decide, en fin, que es el mundo el que se ha vuelto loco. Se toma el último trago de un solo empujón y lanza la copa por detrás de su hombro, agarra a su hombre de la mano y escapan de esa fiesta que los odia por ser distintos. Antes de salir a la calle, intercepta a un mesonero y le quita una botella y dos copas. Atrás dejan los murmullos de voces que más nunca volverán a escuchar.

Sube la música. Plano entero de dos locos felices caminando por la calle sin rumbo conocido. Él va con la camisa por fuera y un zapato con los cordones sueltos. Es entonces cuando se pone de manifiesto lo extravagante que se viste. Para hacer más dramático el plano que se acerca, ella se ve repentinamente vieja a pesar del traje largo y los tacones, acentuando el contraste con una calle llena de carros y ruido. Algo hermoso y patético, como un daguerrotipo escapado de otro tiempo. Llevan en sus manos las copas ya vacías. Entonces se revela con claridad lo que antes sólo se sospechaba. Fin de la incomodidad y la sospecha. Fin de la historia. Final feliz.

Esa es, en líneas generales, la trama.

En el canal la rechazaron. No gustó. Argumentaron que *esa situación* era poco creíble. Que esa relación era inverosímil. Que el público de ahora quería ver cosas en las que se pudiese sentir reflejado. Vamos hacia los noventa, dijo un ejecutivo para congraciarse con su jefe. Proyecto engavetado.

Busca otra historia, tú puedes, dijo uno de los ejecutivos.

Mira que ustedes ahora son las estrellas, dijo otro, arrellanándose en su butaca.

Y reciben sueldos de estrellas, agregó el que había hablado de primero.

Luego de salir de la reunión, Mario intentó saldar la derrota recibida con un par de whiskys en la barra de Miguel. Sintiendo cómo el escocés entraba diligentemente a poner orden en todos los rincones de su mente, sedando el patio de colegio en que estaba convertida, revisó el asunto como si le hubiese sucedido a otro.

Gracias al elixir del bien y el mal pudo restarle importancia e, incluso, descubrir sus bondades. Incluso, se permitió pensar con humor en los argumentos que escuchó en la junta. ¿No era creíble? ¿Podrá alguien definir qué diablos es "una relación"?

En los matrimonios hay documentos, hay deberes, hay derechos y atribuciones limitadas por el alcance de un código. Como una sociedad mercantil. Pero en la periferia de ello, en esa cosa loca, dispareja y dolorosa que es la vida, ¿cómo definir una relación? ¿Que echas de menos a alguien? ¿Que un código irrepetible comienza a regir las relaciones con ese alguien? ¿Que se atrapan mansamente en sus rutinas? ¿O que te acuestas con ese alguien, hay sexo, hay deseo, no puedes dormir recordando formas que no te cansas de ver, de tocar, de oler?

¿No hay que estar loco para enamorarse, así digan que eso no es creíble?

Se preguntó qué pasaría si él escribiese la historia de un tipo que se acostó con una carajita que es la amiga de su hija. Si él contara la historia de una adolescente que gobierna a un tipo cuarentón, que se resigna a esperar cuando es que se va a desatar ese volcán, aunque tarde en llegar o no llegue, porque prefiere mil veces aguardar antes que resignarse a menearse sin sudor encima de una momia, porque en adelante todas las demás mujeres le resultan momias, y no quiere morirse, asustado de estar viendo telarañas en las caras de sus amigos. Que prefiere la esperanza a la resignación.

Si él contara esa historia dijeran que esas cosas no pasan y que el público quiere ver una historia en la que se pueda sentir reflejado. Le dirían, con benevolencia, en una palabra, que esa relación no es creíble. Que atendiera más la vida que le rodea, viejo prematuro que vives encerrado en un apartamento escribiendo libretos para un canal.

Sigo a salvo, razonó. El cuarto trago le disparó el automático. Encendió un cigarrillo, dejó un billete sobre la barra, se despidió del asturiano y se fue a casa, aliviado de que a algunos todavía no les parezcan creíbles ciertas historias.

26.

La niña tiene un vestido rosado y sonríe de esa forma graciosa que tanto gusta a mamá. Sujeta a duras penas un plato con torta, que en sus manos luce enorme. Está en el patio de la casa de sus abuelos maternos. Al fondo se ven la parrillera y la colina engramada. Ella está de pie y va a buscar asiento para sentarse a comer la torta. Acompaña la sonrisa con uno de esos mohines que tanto enorgullecen a sus padres y que denotan su inteligencia. La mirada brilla con un esplendor que contagia al entorno, del cual ella es el centro de atención. El gesto que quedaría eternizado por la foto que le tomó papá, muestra sus mejillas carnosas y un bucle rebelde cayendo sobre la frente. A su derecha, ligeramente detrás, está el abuelo Sebastián conversando con el tío Anibal, con un vaso de whisky uno, y una cerveza en lata el otro. La foto fue tomada un año antes de que Anibal se fuese a vivir a España y a casi tres de que al abuelo le detectaran el cáncer de colon que lo fulminó en cuatro meses.

Es la única foto que Mario logró atesorar de la infancia de Gaby, y la conserva sobre su escritorio, en un portarretrato de vidrio, sin marcos. Es el único adorno que se permite en su área de trabajo. Lo demás es papeles, libros, carpetas, y la computadora. Allí están todas las historias, que pasan de sus libretas de notas al equipo. Las historias que escucha en la calle, las que se le ocurren, las que lee en la prensa, las que compra a cambio de algo. Si se presta atención se encuentra ese pedazo de vida que él compraría gustoso, ya que ese es su negocio: la compra-venta de historias. Y, usualmente, el reciclaje. Esa foto de Gaby a los tres años, por ejemplo, le ha servido como punto de partida para diversos personajes y diversas situaciones.

Y aunque nunca se sorprende de encontrar un tramo suculento de vida hasta en el ser más gris, más desprovisto de pasión, no esperaba tropezarse con lo que le contarían esa tarde.

Se trataba de una chica bonita, equilibrada, inteligente. Una chica en su momento estelar. Una historia que comience así ya despierta resquemores. La felicidad no es buena vendedora, según los manuales y la voz de los más viejos. Y se supone que muy pronto deben comenzar los obstáculos. Pero esta historia comienza así, con una chica sin problemas, una chica sin problemas y su atractivo profesor. El profesor usa *chemises* ajustadas al cuerpo, y es el que las chicas ven mientras cuchichean, el que deja a su paso risitas y codazos. Un día cualquiera comienza a mirar a esa chica de manera especial. A ella. Ese, el pavito de Geografía Económica. El unánime galán de las quinceañeras. El *veintepuntos*. Ella se ruboriza y, aunque se percata, se hace la desentendida hasta que las amigas le dicen, entre sonrojos, ¿viste cómo te miró el profe? Y no es primera vez. ¡Ay, chama! Y ese *ay, chama* le serpentea desde los tobillos, como una hormiga veloz, hasta llegarle a la nuca. Con todo y la connotada carga de envidia que percibe.

Claro, a ella le halaga que el profesor la mire así, aunque

prefiera fingir no haberse dado cuenta. Pero no sólo se ha dado cuenta, espera sus clases para corroborar que, bajo cualquier pretexto, le pida que pase a la pizarra, le entregue la tiza y palpe su cintura en un discreto movimiento. Le diga, una vez más, "dime, linda", mostrando una atención desmedida, cuando ella levante la mano. O, antes de los exámenes, la reciba con un "¿Estudiaste?, si no voy a tener que rasparte". Y lo dice con testigos, para hacer de eso un solapado chistecito. Y ella llega a sentir que da la clase para ella, mirándola aún cuando no la mira. Ella no le gusta estar a la vista, pero comienza a acumular un expediente de goces callados con las atenciones permanentes del profesor.

Y aunque le complacen las atenciones del dueño de las miradas de las chicas, a veces le incomoda un poco por Raúl, el chico dulce que le pide a veces que lo acompañe a comprar discos a Sabana Grande, como un tímido pretexto para brindarle un helado.

La chica tiene una amiga incondicional, más avezada que ella en la lectura de esos códigos. A esa amiga le confiesa que el profesor conversa con ella en las escaleras, que se han puesto a hablar vaguedades, pero que se ha mostrado respetuoso. Que le ha brindado refrescos y galletas en la cantina. La amiga, por supuesto, la anima. No faltaba más.

Y comenzaron a darse breves encuentros fuera de las puertas del liceo. Primero hasta la esquina. Luego un par de cuadras. Una que otra cola. Cada vez amplían más el radio de acción. La amiga comenzó a perderle la pista. Se le desaparecía a las salidas con mayor frecuencia. El último reporte antes de que cayera una bruma sobre la historia, habla de una salida a pasear, de un *hazme el quite con mi mamá y dile que vamos a estar en tu casa, porque si decimos que estamos en la Cueva me puede llamar allá.*

En este punto la bruma comenzó a espesarse. Un día salieron en el carro de él. Ella aceptó porque podía manejar la situación. Después de todo, ¿no era eso la vida? Salieron y, al parecer no fue fácil aguantar esa mirada, esas atenciones. Se asomaron unos besos. Es fácil imaginarlo. Unos besos rogados con esos ojitos claros. ¿Costará entenderlo? La chica se sintió a gusto con esos besos de bigotes poblados y espalda ancha.

Ella se sintió mayor descubriendo que la vida pasa más rápido desde la ventana de un carro que no sea el de su papá ni el de su padrastro. Viendo asustada por dentro, pero repitiéndose que para vivir se deben tomar decisiones. Se debe sacar la cabeza. Viendo y recordando los besos que convirtieron al profesor de Geografía e Historia en Álvaro. En una mano grande y segura cubriendo la suya. O paseando lentamente por su muslo. En lo largo de unos brazos y un torso.

Este nombre despojado de título la llevó a un sitio, un sitio que se lo comió la bruma. Y la amiga incondicional, la más experimentada, nunca pudo enterarse de ese sitio. Al menos eso asevera. Los letreros de la autopista comenzarían a señalar nombres foráneos, eso puede conjeturarse. Y ella, nerviosa aunque ansiosa, ¿leería El Junquito? ¿Colonia Tovar? ¿O Guarenas? ¿Quizá Higuerote?, preguntándose qué capacidad de maniobra posee a cada minuto que avanza, a cien kilómetros por hora. Sospecho que poco, acota Mario en silencio. Por tanto, se dejaría llevar.

A ese momento lo siguió una momentánea euforia. Una risa que no la abandonó hasta el día siguiente. Un amanecer riéndose todavía, mirándose al espejo. Un no puedo creer que me atreví. Un qué rico, viendo a la mujer que sonríe desde el espejo, que se despertó y lo primero que le vino a la mente fue ese recuerdo, que estiró retozando feliz sobre la cama. Ese amor consumado, adulto y repentino.

A los pocos días, sin darle mucho tiempo a la euforia ni a decidirse si se lo contaba o no a las amigas más cercanas, apareció un profesor serio que, cuando todas se preparaban para ver cómo le dedicaba atenciones, llamó a cualquiera a la pizarra.

A cualquiera menos a ella.

Coño de su madre, exclamó Mario en ese punto de la historia que le regalaron, o que compró, triste por la suerte de la protagonista, aunque consciente de que en ese capítulo sí comenzaba una historia interesante.

Luego vino un silencio largo, una necesidad de estar sola. Un irse sin esperar a la amiga. Y perdería esa sonrisa inocente que tenía, para enclaustrarse por dentro.

Al cabo de un breve pero intenso período recuperaría la risa, aunque una risa distinta. Una risa elegida, no regalada por la vida. Al final se empataría con el Raúl de sonrisa dulce. Pero lo haría sin afán, como saliendo de un túnel demasiado largo.

El corte de cabello, las sandalias, claro. ¿Cómo no se me ocurrió que tenía que venir por ahí?, comentó Mario para sí mismo.

¿Cómo?

Nada. Continúa.

La chica volvería a ser algún día como era, pero la amiga incondicional nunca penetraría en aquella bruma, que quedó demarcada como propiedad privada. Como ese secreto que nos hace adultos. Y aunque la bruma también la atacaría a ella tiempo después, la amiga, un día cualquiera, le contaría todo eso a Mario, que le encanta comprar historias. Y más si son de adolescentes. Y se lo contaría sin que él sospechara que estaba escuchando una imagen reflejada de su propio despecho.

¿Nunca te contó exactamente qué le pasó, a dónde la llevó?

Nunca. Y eso que yo soy su mejor amiga, respondió solemne, casi ofendida.

¿   Cómo podía escandalizarse? ¿Con qué moral hacer un drama? Le dolía por ella, sí, pero sentía suficiente respeto como para no involucrarse en algo en que ella lo mantuvo al margen. Y que había manejado con madurez. En eso se basaba la diferencia entre la relación que mantenía con él y la que mantenía con su mamá.

Si Karla estaba enterada de algo más no lo diría nunca. Era un código de honor. Mario lo sabía y no era su intención pedirle que lo violara. Tampoco se atrevería a preguntarle nada a Gabriela, ni a consolarla, porque no estaba autorizado a entrar en sus puertas cerradas.

Era su dolor y su derrota, la más íntima de las intimidades.

27.

Hay situaciones que aprietan botones conectados a momentos muy específicos de la vida. Así lo pensó Mario cuando escuchó la historia que le regaló Karla, porque de inmediato volvió a ese instante. Tendría doce años. Cree recordar que era sábado. Se preparaba para almorzar cuando unas tías paternas llegaron de manera imprevista, y se encerraron con su mamá en el cuarto.

Salieron a los pocos minutos. Su madre tenía el rostro lívido cuando se sentó en la sala. Las tías le buscaron un vaso de agua con azúcar. Todas lucían agitadas. Yhajaira, la menor, que era tan alegre, no intentaba disimular que algo grave ocurría. Conversaban en círculo y algo le decía que no debía acercarse, que enterarse del tema que las ocupaba revelaría un dolor. Era tan obvio, pensaría después, que por eso mismo se negaba a darse cuenta. De pronto la mamá se percató de que él veía al grupo sin atreverse a acercarse.

Baja a comprar pan para que comas, le dijo con severidad.

Que esa orden tan doméstica, tan corriente, la pronunciara con esa extraña solemnidad, como de profeta extraviado, le generó más inquietud. Bajó pensando que algo fundamental se estaba perdiendo al ausentarse, que le iba a pesar haber salido de escena. Esa inocente estrategia de la mamá para ganar tiempo, razonaría con los años, le causó más consternación y dolor. Cuando ya se dirigía a casa con el pan, intuía que el asunto que lo esperaba no tenía nada que ver con el pan, que al transponer la entrada se enfrentaría a algo substancial. Quizá irreparable. Frente a la puerta suspiró y giró la llave.

Su mamá lloraba, vistiéndose auxiliada por las tías. Lo vieron y comenzaron a discutir algo, como si estuviese deliberando. Como la mamá no atinaba a actuar, Beatriz, la mayor, se giró y le dijo, secamente:

Vamos a salir. Busca un abrigo que la noche va a ser larga.

En la última ojeada que le echó a la casa que se quedaba sola cuando traspasaban la puerta de la calle, vio el plato intacto sobre la mesa vacía.

Meses después, en las noches que no podía dormir, veía ese cuadro que entonces se le antojó un anuncio del desamparo que sentiría. Y se asomaba por la ventana de esa casa que ahora estaba más sola y desprotegida, con una mezcla de esperanza y temor de ver a su padre parado en el silencio de esa calle sola y oscura, fumándose un cigarro mientras veía hacia su ventana, consciente de que, al no pertenecer al mundo de los vivos, sólo podía cuidarlo desde afuera.

En esas noches no podía evitar concluir que hay ocasiones en las que ausentarse produce daños irreparables. No podía dejar de asociar bajar a comprar el pan con la muerte de su padre, la que creyó, en su desesperada inocencia, que pudo haber evitado si se hubiera quedado en casa a recibir la noticia.

Y aunque ya de adulto sabía que para el momento de bajar

a comprar el pan ya su padre estaba en la morgue de un hospital, fulminado por un ataque cardíaco, no dejaba de sentir esa dolorosa sensación de que hay que estar alerta, porque las malas noticias llegan siempre cuando nos descuidamos.

Y esa sensación de que había bajado a comprar el pan era la que lo martirizaba cuando se enteró de esa historia que le regaló Karla. Bajó a comprar el pan, creyendo que Gaby, siempre tan madura, siempre tan serena, no requería de su atención, de sus cuidados. Y al regresar con ese pan, se encontró a Gaby devastada por el dolor. Jugando el papel inverso al que él jugaba.

Gabriela, por su parte, tuvo un discreto exilio. Un paréntesis de pesadumbre o melancolía. Tuvo, también, un impensado nuevo corte de cabello y un cambio a usar sandalias. Ella, tan convencional en su aspecto. Y el coraje de volver. Como Eneas y el mismo Virgilio. Como Lázaro, pero sin que nadie le ordenara, llamándola por su nombre, volver a la vida.

Y volver a la vida, en Gabriela, significaba tratar de seguir sintiendo como ella, pensando como ella, sonriendo como ella y caminando como ella, pero siendo un poco otra persona. Otra persona parecida a la nena de Mario, pero que irradiaba ese misterioso respeto que inspiran los que vuelven de la muerte.

Héctor Torres

Gabriela

28.

Alexandra, sin anuncio de ningún tipo, comenzó un día a desmontar el código con el cual se comunicaba con Montiel. Aquel vino a darse cuenta cuando se sintió de pronto el telegrafista de un pueblo fantasma que enviaba mensajes a destinatarios que ya habían abandonado sus domicilios.

A partir de entonces, sin preaviso ni cláusula de contingencia, le tocó presenciar cómo evadía que estuviesen solos, cómo convertía sus misterios comunes en abruptos silencios y en puertas que le estaban vedadas. Construía, de la noche a la mañana, un sistema donde él era el forastero.

Y lo más duro fue entender lo dócil que eran tanto él como su hija para seguir su juego. Ahora era Valeria la que respondía a los mensajes de ella, la que callaba ante una seña suya por la repentina presencia de él, la que estaba atenta para seguir su ritmo, para descifrar sus claves. Tal como él lo hacía cuando se sentía una de las piezas que echaban a andar su mundo.

Y como si esto no fuera suficiente, pronto apareció un nombre: el Beto. Un nombre tan lleno de interés para ellas cuando lo nombraban bajito, como de ridícula vulgaridad para él. En adelante, los ecos de ese nombre invadirían cada rincón de ese desmoronado reino donde él fue el Señor: cuando las invitaba al cine y volvía con las cotufas que le encargaban, cuando se sentaba de último a la mesa, cuando colgaban el teléfono para encerrarse a conversar en el cuarto. Un nombre sin cara caía, como un deslave, sobre la vida que se había armado.

Karla llegó a hacer cosas muy odiosas. Decirle que la llevara a un sitio en el que la estaba esperando el Beto no fue la más grosera. Pero, para entender por qué había un *después* de situaciones como esa, habría que verla, cuando aparecía a los dos días, contándole que estaban haciendo un trabajo del liceo, que el profesor había formado los grupos y que si por ella era no estuviese en el mismo grupo de él.

Ese chamo me cae de patada, coronaba.

En ese punto Mario comenzaba a mirar hacia su esquina, pidiendo instrucciones. Bastaba una sonrisa suya, una mínima debilidad, para que en el rostro de Karla se asomara la sonrisa del triunfo.

Luego era el anda, chico, invítanos a comer afuerap. Vamos Gaby.

Y su mirada radiante, como una condecoración, mientras agarraba su bolso, presta para salir.

Vamos, pues, apremiaba.

En ese libreto trillado que estuvieron escenificando durante un tiempo, tocaba a continuación la mirada de Gaby, buscándolo con la vista, para preguntarle:

¿De verdad, Mario, vamos a salir?

Y a cada salida con el Beto le sucedían sus explicaciones y

sus mimos; y luego su actitud fría, evitando estar a solas con él. Y otro encuentro con el insoportable carajito de peinadito ridículo y brazos de manguera, según lo describía Mario. Y otros mimos. Y otro rechazo. Y el imbécil que ya no decidía sobre ese vaivén, convencido de que la textura de la goma de borrar valía más que mil palabras huecas, como esa que mientan dignidad.

Mientras más la sentía alejarse más se aferraba a tenerla ¿Deseo de dominio? ¿Vanidad? ¿Estupidez? ¿Temor a la derrota? ¿Incapacidad de una retirada honrosa? Sabía que no estaba en su época más reflexiva. Algo por dentro susurraba, maliciosamente *pelea que estás perdiendo* y él obedecía, ciego, jurando que ya habría tiempo para pensar.

Por norma general, el tiempo de pensar pasa de largo apenas se le reconoce. Y entonces ya de nada sirve concluir, por ejemplo, que el sexo es un placer en tanto ofrece vértigo, riesgo. Cuando una chica tiene quince años y se atreve a acostarse con el papá de la amiga, siente ese vértigo, sí, pero esa sensación irremediablemente se agotaría. Poco a poco dejaría de ser un peligro, un miedo, una mano que la arrastra al precipicio. Se acostumbraría y comenzaría a verlo como lo que era: un cuarentón un poco panzón que se le caía el aspecto de ídolo con súbita velocidad. Un tipo complicado que la obligaba a pensar en todo momento. Un comediante que comenzaba a repetir los *gags*. Muy pronto encontraría el riesgo en otra situación. Y eso no tenía nada que ver con escribir telenovelas o ser peculiar o simpático. Hasta el más peculiar y simpático aburre tarde o temprano cuando se es quinceañero.

29.

El CCCT tiene tantos recovecos y rincones, que se puede deambular dentro de sus pasillos durante un buen par de horas con la certeza de no tropezar con nadie conocido. Para eso Mario lo consideraba perfecto. Acababan de salir del cine. La violencia del deseo de dominio se estaba haciendo tan explícita que ya ella se había aburrido. De eso se había percatado Mario varios días atrás. De lo que no se había percatado es de cuánto ánimo requería para mantener con ella una conversación fuera de sus únicos dos temas: las boberías del liceo y los fastidiosos avatares de la farándula.

Por más que montara el simulacro, su impostura no podía competir en naturalidad con la del Beto, quien no actuaba sino que era. Debía admitirlo. Pero seguía intentando, convencido de que mientras pastara en sus terrenos, mantenía viva la esperanza de que algún día ella volviera a dejar la puerta abierta. La puerta que conduce a un pasillo con teticas de goma de borrar, caderas huesudas y grititos de gata inquieta.

Y ese vicio esquivo bien valía cualquier espera.

Pero se estaba exasperando. Le estaba fallando la paciencia para entrar en su nuevo juego. En la nueva etapa de su largo, accidentado e imprevisible juego. La película lo aburrió a mares.

Ella lo estaba probando, quería saber cuánto pagaría por la flor que escondía su falda escolar. Y él, que estaba dispuesto a pagarlo todo, se estaba exasperando.

Gaby estaba en las prácticas de la banda del liceo y de ahí saldría con Raúl. Se inscribió en la banda durante la época del despecho, en la era post-geografía económica. La sola idea de que la cueva estuviese sola lo enloquecía, y no aguantaba el deseo de llevarla a la cama, así fuese solo para poder poner sus manos sobre los brazos de ella sin sentir la paranoia de los mil guardianes de la moral que los seguían a donde llegaban. A cada paso que daban se activaba el detector de sospechas. Como si por los altavoces se escuchara: "Tipo cuarentón paseando junto a chica con uniforme de liceo. Fenotipos no concurrentes. Establecer alerta naranja".

Con mucha cautela le insinuaba motivos para irse a la casa pero, o se estaba poniendo viejo, o ella había adquirido nuevas destrezas. Cada vez que comenzaba a armar el argumento perfecto, ella le cortaba el camino hablándole de algo que veía en una vidriera.

Ya no flotas, Alí, ya no flotas, se dijo un cansado Mario.

Sí, se estaba volviendo predecible.

Vamos a comernos un helado, dijo ella.

Después de haberla complacido, ella quiso medirse un traje de baño —¿verdad que está espectacular? Vamos a verlo. Sólo por probar cómo me queda— que estaba en una vidriera.

Se lo probó y, ante la mirada suspicaz de la vendedora, lo llamó al probador para que viera lo perfecto que se ajustaba a sus nalgas redondas, y para que evidenciara a su vez que estaba tan divina como lejana. Mario compró, con el traje de baño, el silencio de la vendedora. Cuando salieron de la tienda, él intentó retomar una conversación para quitarse la incomodidad de sentirse el papá que compra y paga. Pero ella comentó algo sobre unas blusas en una vidriera cercana. Entonces él la tomó por un brazo y, sacudiéndola, le reclamó:

Coño, te estoy hablando. Sólo pido un mínimo de atención.

De inmediato, como un sistema antiaéreo automático, veinte, treinta pares de ojos los apuntaron, deteniéndose a esperar el resultado de sus respectivas y unánimes hipótesis.

En ese momento Mario descubrió que ella se había desprendido, que estaba fuera de su alcance. Como los perros que, de tanto ahorcarse, ya tienen calculados los diez metros que mide la cadena que los ata, por lo que no se molestan en perseguir a nadie. Descubrió además que ya no podía esperar compasión. Que, qué carajo, ella estaba creciendo con toda la maligna sabiduría con que crecen las mujeres para defenderse de un mundo adverso.

Con una sangre fría que no le conocía, ella comentó con naturalidad:

No te pongas así, papi. La próxima vez llego más temprano, pero suéltame, por favor, que me estás maltratando.

Las miradas que se habían congelado en torno a ellos, deteniendo el girar de la tierra, escucharon aliviadas el *normal desarrollo* de esa potencial irregularidad, y una vez que lo vieron obedecer, reiniciaron el movimiento de la brisa, de las nubes, del equilibrado planear de los pájaros, del ascenso del globo escurrido entre los dedos de un niño, de las risas del grupo de chicas caminando en dirección contraria, del impersonal aire acondicionado del lugar. De todas las cosas que, acechando, se habían detenido, expectantes de poder acusarlo de algo.

Por una parte, Mario sintió alivio de haberse librado del escrutinio del mundo, pero por la otra sabía que ella había ejecutado con singular maestría una despiadada forma de acentuar su diferencia. De despedirse. De decirle que él estaba en sus manos. Que aceptara perder o podía jugar más rudo, según leía en su advertencia.

Y esa tarde, con esa demostración de fuerza, mostró tener con qué.

Sin tocarla en lo absoluto el resto del paseo, Mario claudicó y aceptó todas sus condiciones, sus deliberadas conversaciones frívolas, respondiendo lo que suponía que ella quería escuchar, hasta que la dejó en su casa para volver a la cueva, que había pasado la tarde vacía. Esperándolos.

Lo más angustiante era que algo dentro de él, aunque se supiese rodeado, se negaba a entregar la ciudad tomada, preparándose al suicidio, alistando las armas, atendiendo a las arengas de batallas y de muerte.

Y esas arengas duraron en su cabeza varias semanas, las mismas que pasó sin saber de ella, y sin intentar retomar su rol.

Con la mala compañía de la barra. Como antes, pero menos libre.

30.

Mario picaba aliños con minuciosa concentración. Aunque el silencio era mal indicio, no encontraba esos temas que proclamaran la *normalidad* de su ánimo. Gabriela, a su lado, fregaba y secaba los utensilios que iban usando. Sabía que ese silencio era indicio de un desfile de pensamientos en la mente de él. Optaba entonces por temas cotidianos que ofreciesen un mínimo riesgo.

Se quejó de la inestabilidad del clima, pero luego supuso que hasta ese inocente intento podía traer inoportunas asociaciones. Prefirió rebajar el asunto al más básico reflejo cotidiano. Señaló que a ella le gustaba ir fregando porque era más fácil salir temprano de la cocina. Obviamente, se sintió estúpida. Mario sonrió. Cuando hablaba como su mamá, cuando razonaba como ella, a él le entraba una mezcla de ternura y recelo. Era saber que se hacía mujer. Pero era, también, constatar que su modelo femenino tendría mucha presencia en ella. Mucho peso específico. A pesar de su naturaleza serena y amable. A pesar de su lucidez.

Se habían compenetrado mucho en los últimos tiempos. La compenetración de dos seres de sexo opuesto entre los que nunca podrá plantearse ninguna proximidad sexual. Esa camaradería que rayaba en la complicidad delictiva, acompañada de una resignada tolerancia ante las más absurdas manías del otro, producía una extraña mezcla entre pareja que envejeció en compañía y novios que aún se cortejan.

Si la picas a la Juliana sales de eso más rápido, comentó Gabriela, viendo de reojo.

Pero soy yo el que está picando, Ameriquita, respondió, con ironía, el cocinero.

Está bien, me apago, dijo Gaby, fingiendo enojo, y chispeando gotas de agua a la cara de su papá. Y Ameriquita será...

¡Dilo y te desheredo!

Ambos rieron, y retomaron el silencio. La viscosidad de sus monólogos.

Mario terminaba de picar las cebollas, luchando contra las lágrimas, y se puso a cantar un bolero, mientras fingía un llanto desgarrado. Gaby lo veía de reojo, divertida, aunque temerosa de que no estuviese muy lejos de ese llanto ¿O estaría llorando, el muy astuto? Parecía que no, que sólo bromeaba, se tranquilizó.

Luego de quedarse otro rato en silencio, Mario no pudo evitar la pregunta:

¿Qué, y Karla ya se empató con el fulano Beto?

Ella lo miró por un instante. Era esa la pregunta que debió esperar. Se quedó en silencio con una vaga sonrisa, enigmática, como sonríe cuando medita una respuesta.

¿La verdad? Creo que todavía no, pero supongo que para allá va, dijo al fin, acompañando el comentario con una expresión de qué te puedo decir.

¿Y... es en serio?, preguntó, con miedo a lo que escucharía.

Ay, papi, le dijo la dulzura a cuyo afecto se abrazaba Mario como un salvavidas, de esa loca nunca se sabe. Todo el tiempo se enamora de uno diferente, siempre diciendo que ahora sí va en serio. Raro es que estuvo un tiempo tranquila.

Luego, como para justificarla, como si ella tuviese veinticinco años, añadió:

Papi, Karla tiene aquí —se señaló la cabeza con el dedo índice— los quince años que aparecen en su cédula.

¿Quince? ¿No son diecisiete?, preguntó Mario, sin mostrar demasiado interés en el tema.

Quince, Mario, reiteró ella, remarcando la palabra con toda intención. Quince, tal cual. Hasta el catorce de noviembre.

Pero yo creía recordar que ella...

¿Te dijo que tenía diecisiete?, le interrumpió Gaby. Y un chamo del liceo se creyó el cuento de que ella era hija de un guerrillero que había violado a su mamá durante un viaje a la frontera. ¡En serio, Mario, Karla es loca! ¿A Gasparín no le dijo que era la hija de un diplomático, y que perdió un año por una operación que no la dejaba caminar? Ay, Mario, ella podría escribir telenovelas más truculentas que las que haces tú.

Mario echó los aros de cebolla junto a los demás aliños. Su mirada se había vuelto la de un espantapájaros. La de un guardia suizo. O la de un pendejo que le daba miedo que se le notara lo que pensaba. Ceñudo e inexpresivo. Cuando estuvieron todos los aliños juntos, los echó en el caldero. El ruido y el chisporroteo que produjo le impidieron a Gaby oír lo que murmuró a continuación.

¿Cómo dices?, preguntó ella.

¿Que qué piensa Raquel de mí?

¿De ti? ¿Nunca te lo he dicho?

No.

Dice que le gustaría conocerte... Que hubieses sido el hombre perfecto para ella... Que los hombres inteligentes son sexys... tantas cosas dice esa loca. ¿Por qué?

Por nada, contestó Mario, por nada.

Y se quedó revolviendo los aliños en el caldero con la cuchara de madera. Pensativo y grave, inexpresivo, como si se hubiese tropezado con una conclusión más bien desagradable.

31.

Esa semana transcurrió como un paréntesis de vida sin audio. Gota a gota fue llegando al viernes. Y cada una de esas gotas iba inundando su calma. Sumirse en el trabajo había sido el único método eficaz para no ahogarse. Lo hizo con tanta energía que, cuando Gabriela llegó al mediodía, ya sólo le restaba redondear algunas escenas.

Decidió dejarlas para la tarde y dedicarse a preparar la comida. Siempre le relajaba hacerlo. Pensar y picar. Pensar y freír. Ver caer el agua mientras se lavan los vegetales. Poner las manos bajo el agua para librarse del fuerte olor del ajo. Esos engranajes domésticos ofrecen un rito que libra a la gente de las grandes ambiciones. Nadie concibe una gran empresa mientras friega trastos o agrega sal a una olla. O fríe tajadas y las lleva a la mesa.

Gaby llegó, como siempre, quejándose del calor, de los pies adoloridos, del ascensor dañado (una vez más), de lo difícil de los exámenes, de las miles de deberes del liceo. Al rato pasaron a la mesa y allí, entre comentarios casuales e incómodos silencios, se quedaron sentados sin decidirse a servir la comida.

Actuaban como si esperasen a alguien. O esa era la lectura que Mario hacía del ambiente. Por tanto, si advertía ansiedad en los silencios, en las miradas de ella, en los distraídos movimientos de sus manos, era porque todo lo que llegaba hasta él estaba contaminado por el deseo de corporizar a la ausente.

Pero era su guerra, y aunque en toda guerra se cuentan con aliados y enemigos, no podía exigirle a Gaby más fidelidad que la de sus reconfortantes silencios.

Derrumbadas sus esperanzas, se sentaron a comer.

Luego del almuerzo y de una sobremesa más bien forzada, Mario se enclaustró en el estudio, con el fin de retomar el trabajo pendiente. Ella se quedó afuera haciendo sus trabajos.

Un poco más de una hora después, Mario notó que algo la contrariaba. A pesar de que suele aislarse cuando escribe, la intranquilidad de Gabriela se deslizaba hasta el estudio como el aroma de un café humeante, interfiriendo en su concentración. Eran detalles perceptibles sólo para el rango auditivo apropiado. Un suspirar particular, una silla arrastrada una fracción de tiempo apenas mayor de lo requerido, un vigor innecesario al momento de apilar los libros, iban conformando la música de ese descontento que no la dejaba quieta. Ni a él. No pudiendo evadir sus señales por más tiempo, salió y le preguntó. Pero ella no dijo nada.

¿Por qué mi nena no me confía lo que la tiene malhumorada?, insistió Mario, fingiendo un humor que estaba muy lejos de sentir.

Nada, papi, comentó al fin, fastidiada. Que me molesta que me embarquen.

¿Y quién embarcó a mi nenita?, le preguntó, abrazándola por la espalda, conociendo de antemano la respuesta.

¿Quién crees tú? La estúpida de Karla. Tengo dos horas esperando que llegue para terminar el trabajo final de Castellano. Debemos entregarlo esta semana, pero seguro se quedó con el Beto.

Ese nombre le sonó a desinfectante. A raticida. A indisposición estomacal. Respiró hondo buscando la frase adecuada, la que sonara amable y despreocupada a la vez, pero fue ella la que retomó la palabra: No pienso quedarme a esperarla hasta que le dé la gana, dijo zafándose de su abrazo. En media hora salgo para la biblioteca y, si aparece, que me busque allá, resolvió mientras metía libros en su bolso.

Yo no soy su mamá, agregó con fastidio, peinándose el cabello mientras caminaba de un lado a otro.

Él sabía que no aparecería. Y a Gabriela le apenaba verlo así. Su Mario, el que tantas claridades ofrecía a su mundo adolescente, acorralado en su incomodidad. Era molesto verlo así sólo porque a Karla le había dado la gana de desaparecer. Se sentía culpable de haberse presentado en la cueva, hace unos meses que se habían vuelto años, con ese huracán tropical que le desordenó el escritorio a Mario. Ella, que lo primero que le decía cuando volvieron a frecuentarse, era que tenía que casarse de nuevo.

¡Querida! ¿Cómo haces para parecerte a tu abuela saltando por sobre tu madre?

Entonces ella se reía, y comentaba:

Pero es verdad.

Por eso le irritaba tanto las cosas de Karla. Por eso, suponía que le molestaba tanto el embarque. Pero si lo hubiera pensado un poco hubiese concluido que, a pesar de lo disciplinada que suele ser para las labores del liceo, no era el embarque lo que la tenía tan molesta. La conocía lo suficiente para inferir sus procesos mentales, a partir de sus gestos, de sus silencios.

La mención del Beto hubiese bastado a Mario para correr hasta el liceo a encontrarse con ese rostro, pero se llamó a la calma. Intentó sonar indiferente cuando le dijo no te des mala vida. Esa aparece por ahí, tú vas a ver, devolviéndose al estudio, despechado al comprender que no la veía, y ya no tendría sentido seguir esperándola.

La imperturbabilidad que mostró cuando se sentó a escribir delataba su impostura en el ligero temblor de sus dedos frente al teclado. Uno de esos dedos cargados de corriente pisó alguna tecla de manera indebida, haciendo colapsar la frágil comunicación entre su recién estrenada *dosochoseis* y el indescifrable *Wordperfect* (los cuales, ya domesticados, y a pesar de su resistencia a zambullirse en ese mundo, serían la dupla perfecta para ahorrarle tiempo y esfuerzos), por lo que, a riesgo de que el archivo fuese tragado para siempre en la oscura nada del inédito mundo digital, reinició el equipo.

Mientras veía el monitor verificando lentamente la memoria, pensó en cuánto había trabajado para no pensar en ese nombre. Podría jurar que, como pasa cuando está escribiendo, leyó esas palabras en su mente, letra a letra, como en un generador de caracteres.

De pronto, sin saber porqué, se vio vistiéndose e inventando una excusa razonable para cuando estuviese afuera y, tomando las llaves del carro, le dijo a Gaby:

Me acordé que debo buscar un material en el canal. Voy por esa vía, si quieres paso cerca del liceo a ver si la encuentro.

No, ella es muy irresponsable, negó con ese gesto resuelto y casi altanero, heredado de su madre, que en ella cada vez se acentuaba más. Por mí que aparezca cuando le dé la gana. Yo, de la biblioteca, me voy a mi casa. Si viene y tú ya estás de vuelta, que me busque allá. Si no, con tachar su nombre del equipo tengo.

Mario intentó sonar sereno cuando le dijo está bien, ya regreso, y cerró la puerta tan rápido que no escuchó qué le respondió. Bajó por las escaleras y, una vez dentro del carro, trató de calmarse. Estaba temblando. Desconocía qué cosa en este mundo podría aplacar los deseos que sentía de matar a alguien. Encendió el carro y rogó tropezar con esa cosa, sea lo que fuese, antes que con ella.

32.

La *Experimental* ocupa una manzana completa, a dos o tres cuadras de la estación del metro de Bellas Artes. Tiene varias puertas de acceso, pero usualmente sólo abren la principal: un portón inmenso al que se llega por unas anchas escaleras de concreto.

En menos de quince minutos estuvo Mario frente a ese portón. Eran más de las tres de la tarde, y aunque había concluido el período escolar, se veían pequeños grupos de estudiantes a lo largo de la cuadra. Algunos entregando trabajos finales rezagados, otros buscando notas, profesores, clemencia, salvación. O buscando cualquier pretexto para seguir frecuentándose, para huir de las vacaciones en casa y las madres exasperantes. Por algo que escapó a la razón supo en cuál de esos grupos, tumbados en desorden sobre los escalones de una de las puertas clausuradas, le esperaba un sobresalto.

No se equivocó. Estaba mezclada entre una pandilla de unos diez adolescentes, sentada delante de un flaco alto, moreno, que la abrazaba, con las piernas abiertas, desde el escalón siguiente. ¿El Beto? La mirada de ella, escondida tras los brazos de él, exteriorizó un tajante ¿Tú eres loco? que sólo él percibió, porque sólo para él estaba dirigido.

Detuvo el carro y, sin bajarse, le dijo, procurando sonar simpático:

¡Epa, chamita! Gaby te está esperando en casa. Me dijo que de seguro se te había olvidado y que le hiciera el favor de pasarte buscando.

Ver una parte de su vida mezclada con otra, sin su consentimiento, la enfureció. Se incorporó y se acercó a él con un piérdete papá, que me avergüenzas, pintado en la cara. Ella no tenía ningún plan concebido. Mario tampoco. Había llegado hasta allí tras un absurdo impulso, guiado por la necesidad de verla, pero su actitud le demolía el ánimo. Por eso la odiaba. Pero no podía irse.

Sobreponiéndose a su juego rudo, él esperó que estuviera lo suficientemente cerca para reprocharle, con tono neutral, adoptando un aire distante de padre ofendido, desde un rostro impávido y una mirada más allá del parabrisas:

¡Magnífico! Gabriela trabajando, tú perdiendo el tiempo, y las dos pasan la materia. Buen negocio, ¿no?

El sabía que sus argumentos no expresaban sus razones. Y ella también, pero estaban montados en un escenario creíble. En eso del manejo de las situaciones, de la credibilidad de las escenas, eran dos expertos. Él para ganarse el pan. Ella para cuidar el pellejo, lo que la hacía más eficaz.

En la bandita, que se había quedado en silencio con la llegada del papá de Gabriela, comenzaron a escucharse murmullos, risitas llamándose. Ese apagado ruido logró incomodarla, más que a él, que sabía que eso jugaba a su favor. Aprovechó que ella permanecía frente a él, inmóvil, dubitativa, para abrir la puerta, sin dejar de mirar hacia adelante.

Súbete, le ordenó con suavidad.

Voy a buscar el bolso, respondió ella tratando de no desencajarse, furiosa pero obediente, como hubiese actuado frente al papá (si lo hubiera conocido) que la habría ido a buscar al colegio. ¿Te vas? escuchó de una voz de chica, seguido de un ¿qué pasó? de varón, antes de que la música que puso en el radio apagara los demás comentarios.

Sabía que, en esa escena, había triunfado indudablemente.

Durante el trayecto no hablaron en lo absoluto. Y aunque tenía más de dos semanas que no se dejaba ver por la Cueva, su presencia cercana, sus muslitos duros adivinándose debajo de la falda, hacían sentir a Mario que todo, al menos por ese instante, volvía a ese punto que aceptaba explicaciones, que anhelaba retornos.

De pronto, luego de haber estado ofreciéndole todo un variado catálogo de sus malcriadeces, se puso a llorar bajito, retorciendo compulsivamente las asas del bolso. Mario la veía de reojo. Siempre le había parecido fea cuando lloraba, y ese momento no era la excepción. No después de tanto desasosiego. Estaba irritado, impaciente. Lejos de conmoverse, como antes, ya le aburrían sus escenitas. De hecho, ya todo le aburría, pero se negaba a que lo estuviese abandonando de esa manera. ¿Y por un carajito flaco? ¡Por favor!, se dijo, disfrutando de verla sufrir, y encendiendo un cigarrillo, para celebrar lo que consideraba su segunda victoria.

El juego lo mantuvieron hasta el estacionamiento. La siguiente escena la inició ella con rudeza; con un monumental portazo al bajarse del carro. Esperaron el ascensor y, como no le mimó el llanto, ni le dirigió la palabra en todo el trayecto, ella aguardó a que estuviesen solos en la cabina para advertirle haciendo un círculo con su pulgar y su índice, mientras dejaba estirados los otros tres dedos:

Hago el trabajo con Gaby. Terminamos, y me voy. Sola. Ya lo sabes. So-la.

Hablaba como una mujer. Esa, que había sido la amiguita de la hija, hablaba con la despiadada autoridad de una mujer. Una mujer que se iba. La niñita en medias blancas y franelita con una promoción del canal de aquella tarde. Una despiadada mujer que sabe qué tiene y cuánto lo valoran los machos de la especie.

Si tenías otros planes los puedes ir olvidando, complementó.

Al margen de lo que pudiera verse desde afuera, era una mujer molesta, resuelta. Y él un hombre abandonado. Eso es lo que eran. Esas sacudidas, esos groseros desplantes, eran toda una provocación para Mario. Ella sabía encontrar las llagas donde debía afincarse. Lo aprenden desde niñas. Y lo hacía con saña. Con irresponsable saña. Pero jugaba con un puñal agudo, porque el mismo Mario desconocía el grado en que se encontraba su cóctel de despecho y furia. Él, un adulto, desencajado por una chica que jugaba a ser una mujer saqueada de inocencias.

¿Quién le dio el papel? No te quejes ahora, Mario Ramírez, se dijo.

No dijo nada y ni siquiera la vio. Para neutralizar la violencia que ella azuzaba, intentó reírse, pero lo asustaba lo que sentía, porque no le conseguía nombre, ni forma de controlarlo. La morisqueta que le salió debió resultar más bien penosa, a juzgar por la cara de repugnancia que Karla le devolvió.

Sin esperar por ella, salió del ascensor, sacó las llaves y abrió la puerta.

Era una actriz nata. Mario lo sabía desde que la conoció. En cuanto entraron en el apartamento, distendió el rostro hábilmente y llamó a Gaby, con voz amable, el tiempo exacto que tardó Mario en cerrar la puerta tan suave como pudo, tratando de controlar el temblor que lo dominaba.

Cuando el silencio que les esperaba adentro cayó sobre ella, se dio vuelta para lanzarse sobre él, con la bofetada que su edad, su talante, su afición al drama y a las teleseries que él escribía para chicas como ella, necesitaban empotrarle a un costado del rostro.

Era ese el punto al que nunca debieron sentirse tentados a experimentar. El punto en que ninguno de los dos se reconocería en sus actos. En adelante no podrían recordar la sucesión de los hechos. La bofetada llegó a su destino con toda la energía con la cual salió. Mario no podría recordar si la devolvió. Hubiese querido tener más serenidad, pero rodaron hasta el centro del torbellino sin tiempo de nada. Hubo un forcejeo, Mario sintió un mordisco colérico en su brazo, luego la sujetó con fuerza y la llevó hasta el cuarto, inicialmente para evitar los gritos tan cerca de la puerta y, por tanto, de los apartamentos vecinos, apretando sus mandíbulas con una mano para evitar más mordiscos y más gritos.

Nada estaba planificado, sin embargo todo ocurrió sin titubeos, como una coreografía largamente ensayada. Luego vinieron los gritos de Karla, la rabia de Mario y su temor a perderla, y un sordo deseo por esa carajita que lo desafiaba, con sus jadeos, a pasar las manos por esos pechitos de frenéticos movimientos debajo de la blusa; llorando, babeándose, mirándolo con una mezcla de me das asco y ni se te ocurra tocarme, mientras le ordenaba, con gritos ahogados, que la soltara.

Si ella hubiese razonado que para ese momento ya había salido a flote lo más animal de ambos, y que retarlo era una pésima idea, lo hubiese evitado. Pero no tuvo tiempo de eso, y entre sofocos y manotazos, Mario la desnudó con violencia. Desde ese mismo punto en que recordaría todo después, prefiere creer que Karla no siempre forcejeó, que no siempre se resistió. Se recordará confusamente, sobre la cama hasta donde la llevó y colocó con rudeza boca abajo, agarrándola con fuerza por los hombros que se agitaban, y le parecerá que él no estaba allí. Que no era capaz de estar haciendo eso.

Se ubicó encima de ella, con tiempo apenas de desabrocharse el pantalón, y la penetró sin comedimiento ni dificultad. Él juraría que en algún momento, luego de tanto gritar, ella se calmó, comenzó a moverse despacio mientras musitaba, por lo bajo, palabras incoherentes y rabiosas, como si estuviese conjurando una antigua maldición.

Ese estado, de alcanzar un raro placer en un dolor intenso, mientras lloraba y veía el mundo desmoronarse frente a sí, no era ajeno a Karla. De hecho, la había acompañado desde que podía recordarlo. Como cuando Raquel la castigaba injustamente. O la humillaba en público y ella quería morirse, pero disfrutaba de saber que, en ese momento, todo giraba en torno a ella. Ese estado de rabia y placer en el que disfrutaba de llorar en público.

De pronto la rabia de Mario escapó como lo haría por el diminuto agujero de un globo. En medio del silencioso manto blanco que los cubrió, ese silencio que le dio al rostro lloroso de Karla una cierta belleza, una cierta plenitud, quiso acariciarla, pero ella volvió a gritar.

¡No me toques! chilló, para retornar a su apagado llanto.

Mario no insistió en tocarla, pero no se separó de su lado, agotado como se encontraba.

En ese momento, más calmado, libre del agobiante calor, se arrepintió de haberla desvestido con violencia, de haberle jurado que iba a joder al pendejito ese cuando lo vea por la calle. De estar ahí en ese momento con ella.

Se levantó y se arrastró hasta el baño. Al salir del cuarto giró la vista y la vio sobre la cama, en un plano conocido y, sin embargo, distante, como si la violencia que se interponía entre esta escena y la anterior marcara una transición remota.

Luego de ducharse no se sentía mejor y, para colmo, ella aún sollozaba, torturándolo. Mientras se duchaba, seguía escuchando a ratos eso que parecía un recuento, en un exasperante y melancólico idioma de pájaros. Era capaz de hacerlo el resto de la tarde sin detenerse. Era incluso capaz de disfrutarlo, aunque eso él no lo sabía. Y ella a veces lo olvidaba.

Buscando en la última reserva de ternura que aún le despertaba, y apremiado por calmar la insistencia de ese llanto solitario que amenazaba con alarmar a los vecinos, le propuso, todo lo dulce que pudo, como le hablaba cuando la quería ver niñita, hace tanto tiempo de ello, que se dejara echar un baño, que se veía fea llorando tanto, que el agua le haría bien. Ella lo miró, aceptando el juego, y dijo sí con la cabeza, con aire distraído.

La condujo al baño y la ayudó a ducharse, tocándola sólo lo necesario, hablándole de tonterías. Reincidiendo en ese juego, ella volvía, aún digna y ofendida, a ser la niñita. Le aplicaba champú y le enjuagaba el cabello, mientras ella lo miraba de vez en cuando, en silencio, con los párpados hinchados por el llanto, y la cara más delgada en medio de sus cabellos mojados. Luego la secó y le puso el uniforme, que no ocultaba el forcejeo con el cual había sido arrasado, e intentó alisar con sus manos las arrugas que lo delataban.

Quiero irme a mi casa, dijo cuando terminó de peinarla.

Karlita, perdóname, estoy muy celoso, atinó a decirle Mario, apelando a una complicidad que se había esfumado, confiado en que ella había vuelto parcialmente a asumir su rol. Vamos a calmarnos y conversamos de todo esto.

Quiero irme a mi casa, repitió ignorándolo.

Una vez en la calle lo castigó con un silencio y una indiferencia demoledores. Y lo hizo con tal habilidad, que su mutismo lo inquietaba cada vez que tropezaban con una patrulla policial. En silencio buscaba sus manos esperando que abrieran la puerta y se abalanzaran sobre la patrulla. Enigmático y, por tanto, impredecible, eran los adjetivos que articulaban ese silencio.

En un acuerdo tácito dieron varias vueltas antes de detenerse frente a su casa, con el fin de apaciguar las señales de violencia que delataban su aspecto. Frente al edificio, pasadas las siete y media, se bajó del carro dando un sonoro portazo, sin despedirse.

Luego de dar unos cuantos pasos, se detuvo bruscamente y se devolvió. Abrió de nuevo la puerta y, sin dirigirle la palabra, tanteó debajo del asiento hasta sacar una colita para el cabello que quién sabe desde cuándo estaba allí. Se la colocó con un movimiento diestro, sin verlo, volvió a lanzar la puerta, y apuró el paso hacia la entrada del edificio.

Préstame la camisa, que tengo frío. Mario sintió un agudo calambre cuando, mientras veía a Karla desaparecer dentro del edificio, oyó con claridad la voz de aquella gordita que desnudaron una noche en la calle. Y con igual claridad la vio tirada en el piso. Y se vio en la ventana, aunque también en la acera, sibilino y satisfecho como un zorro, huyendo. Arriba y abajo. La gordita, Gaby, Alexandra. Gaby llorando sobre la acera. Y la gordita tirando la puerta al bajarse del carro, luego de recoger una colita para el pelo. Él, con ganas de bajar y reventarse un tubo en la cabeza, mientras fumaba un cigarro en la ventana, sin hacer nada. Todo le daba vueltas en un confuso capítulo de personajes que, como en una comedia barata, se intercambiaban los roles sin orden ni pausa.

33.

Son un poco más de las diez de la noche. Dos o tres sombras rompen y revuelven bolsas de basura con silenciosa violencia. Son las mariposas monarcas de las aceras, de los basureros. En esa ciudad sin estrellas ni libélulas, son ellos, junto a las ratas y los perros callejeros, los sobrevivientes de ese paisaje lunar en que se convierte el centro de Caracas cuando cae el toque de queda del instinto. Hay que tener el ojo muy entrenado para distinguir sus siluetas oscuras desplazándose entre escombros y ruinas, porque se mimetizan en el ambiente con increíble habilidad.

Mario, que no dejaba de pensar en los acontecimientos de esa tarde, tardó en ver que alguien cruzaba la calle en el momento en que iba pasando. Frenó con brusquedad para no atropellar a la silueta que se le atravesó corriendo con una tapa de rin entre las manos. La mirada de Mario se tropezó un instante con ese par de ojos, y se sintió el destinatario personal del rencor y el resentimiento que disparaban. Sin detener la marcha, logró esquivarlo y pisó el acelerador con fuerza. Unas tres, cuatro horas antes de tropezarlo, rodaba por las vías de Caracas sin detenerse. ¿Por qué hice esa vaina?, letra a letra, en caracteres rojo escándalo, leía en la pantalla negra de su cabeza desde que la vio perderse dentro del edificio. Se había roto el vidrio y lo sabía. Una presión, parte estupor, parte tristeza, rabia, despecho, lo tenía rodando por calles que se nublaron en su cotidiana cartografía. Por qué hice esa vaina, se repetía, tratando de guardar silencio en el camino hacia cualquier parte que no fuera la Cueva, adonde no pensaba ir a encerrarse. No soportaría escuchar esa recriminación golpeándose y aumentando de volumen, en esa caja de resonancia en que se había convertido su cabeza. Temía asomarse a la ventana de su estudio y verse abajo, huyendo luego de haber dejado a una chica tirada desnuda en la acera.

Buscó la Cota Mil y se dejó llevar. La Cota Mil, que nadie llama por su nombre oficial de avenida Boyacá, es perfecta para no pensar, para que adolescentes fumen marihuana con un mínimo de riesgo policial, rodando en el carro de papá; y para ver a Caracas sin verla. Disfrutarla hermosa y lejana en su plano general. Intimidante y callada.

Encendió un cigarrillo y se dedicó a rodar sin rumbo, viendo aparecer, de cuando en cuando, los carteles con los nombres de los distribuidores, sintiendo que siquiera en ese fluir continuo de carros, algo se movía con armonía en la vida.

Luego de haber completado la segunda vuelta desde el este, decidió bajar por la Baralt y lanzarse al único sitio parecido a su estado de ánimo, el corazón de la decadencia: la Lecuna nocturna, capital de putas viejas, indigentes, pensiones baratas y borrachos tan estropeados como su alma. Los nombres de sus esquinas y sus alrededores hacen culto a su naturaleza: Reducto, Cárcel, Muerto, Zamuro, Miseria...

Y como si no bastara el despecho moral, la voz de la paranoia se presentó en la Junta que tenía en su cabeza y preguntó, con ojos inyectados en sangre: ¿Tú sabes lo que significa, sin necesidad de agregar nada, la simple narración de esos hechos en una comisaría de la petejota, contados desde un primer plano de una cara llorosa, con un *zoom in* hasta esa boquita haciendo pucheros, moviéndose y gimiendo, en este país de machos? ¿Ella y la aún joven Raquel, enfundada en un vestidito que aligere trámites policiales? ¿Puedes ver esa escena compuesta por la desconsolada chica, la valiente madre y los justicieros armados? Cinco energúmenos, pistola en mano, montándose en un carro sin placas, iniciando la cacería. Y el jefe de la comisión, para impresionar a la joven señora, diciendo algo que ajuste con la escena mientras camina hacia la patrulla. Algo así como Cuando agarremos a ese hijo de puta se lo vamos a echar a los chirreros para que se sienta realizado. Los demás, por supuesto, reirán oportunamente.

Sintió un frío grueso y pesado trepando por su columna.

Su itinerario de esa noche fue tan largo como los monólogos que lo ocupaban. Ya se había adentrado en la Baralt, luego de recorrer parte de las Fuerzas Armadas y la Panteón. Deambuló por calles y avenidas persiguiendo bares sin nombre, rodando y deteniéndose al azar, prefiriendo los de aspecto más lúgubre. En los de realidad cruda, sin efectos especiales. Como la de esos tipos que abofetean y patean a un borracho que grita desde el suelo. O la de aquel taxista que blande una cabilla para hacer entrar en razón al cliente que se niega a pagar la carrera. O la del bichito que registra todo desde sus ojos saltones y su andar rápido y liviano.

O la de la flaca ajada con vestido aguamarina corto y ceñido, raídas medias de nylon y una magulladura en el ojo izquierdo, torpemente disimulada con un maquillaje chillón. Esa que se sentó con él en la mesa del fondo en uno de los bares oscuros en los que entró. A pesar de la poca luz, no pudo evitar observar con curiosidad la degradación del negro al violeta que rodeaba su ojo. ¿Esto?, preguntó ella. Tenemos en común más de lo que crees, le iba a comentar cuando ella le contó las consecuencias de enamorarse del menos indicado.

Te brindo una cerveza y me sigues hablando de tus barrancos, le propuso Mario en cuanto se le sentó en la mesa, dejándola hablar de su tragedia para olvidar la propia.

Pronto se decepcionó. Además de un golpe que la hizo rodar por la acera, asestado por su chulo, y además del hambre y de un previsiblemente falso padrastro abusador, en alguna lejanía provinciana, su historia no era muy distinta a la de cualquier mujer que bota la vida sin darse cuenta, que un día entiende que no basta con anhelar. Que la vida tiene sus códigos y si no los descubres, *pa la cola*, como dice Miguel.

Que es un rompecabezas de sueños desbaratados, restos de delirios y de utopías. Que se hizo puta como el que se hace buhonero, o vendedor de Avon, o mesonero, o taxista. Siempre se supone que es mientras pasa la mala racha. Que siempre podrá decir, como los buhoneros, después del aguacero retomo los planes. Siempre que un cliente le grite porque tarda un año en traer la cuenta, el mesonero se dirá con secreta revancha que esté imbécil no sabe que ya puedo oler el premio gordo. O cuando tenga que ser desagüe de la lujuria de un náufrago de ciento veinte kilos de grasa y sudor, se dirá que dentro de un par de meses, cuando pague las deudas que la están ahogando, renuncia a esa mierda de vida.

Y ahí estaba, entrando en el rango de las veteranas y queriendo engañarse con la fantasía de que el tiempo no había pasado. Que antier tenía las carnes más duras y los tipos le decían pendejadas, pero ahora le toca esperar cuando ya no queden opciones, para sacarle los reales al que tenga la borrachera al punto de la inconsciencia. Que no había botado su vida fingiendo orgasmos y risotadas.

Salud, compañero.

¿Te tomas la otra?

Queriendo mentirle al espejo y vistiendo de noche para enamorarse del menos indicado. Del que pega más duro. Si fuese oficinista o gerente, en lo esencial, en eso de la carne y el corazón, su historia no hubiese sido muy diferente.

¿Y tú, tan sólo... tan... no te provoca...?

Tómate tu birra y sigue contando, la atajó Mario.

Yo conozco esa cara. Eso lo saca es otro clavo.

¿Clavo? Esa vaina chiquita y veloz no fue un clavo. Fue un remache, y disparado a quemarropa.

La mujer le celebró la ocurrencia con una carcajada. La idea de que ni siquiera fuese un buen chiste, que estaba adiestrada para reírle las idioteces a los borrachos, lo deprimió más.

Luego de un silencio, ella insistió:

¿Estás seguro? No estoy en mi mejor momento, pero tengo mis mañas... haciendo un movimiento pendular de la mano cerrada frente a su boca.

Mario sonrió con lástima. La vio un instante, ridícula y segura en su rol, y volvió a sonreír, sacudiendo la cabeza. Le brindó otra cerveza, dejó unos billetes sobre la mesa y se fue.

Esta vaina no debe doler más que ese ojo, murmuró, como única despedida.

Vuelve cuando quieres, escuchó a sus espaldas.

Salió a una calle sola y de aire seco y frío. Cruzó la avenida y entró en otro sitio, porque todavía recordaba con claridad. Necesitaba una borrachera. Una borrachera de arrabal. Se rompió el vidrio, se repetía, y nada podía quitarle esa frase de la cabeza. Se rompió el vidrio. Luego de varios rones, comenzó a sentir la estúpida esperanza de que se tratara de una lejana pesadilla.

Como a las dos horas, cuando salió ya más embotado, no recordó dónde había dejado el auto. Caminó trastabillando una cuadra hacia arriba y luego de vuelta, tratando de recordar dónde estacionó. Cruzó la avenida. Se asomó hacia una calle lateral, y creyó verlo sobre la acera, a unos veinte metros. El silencio apenas era roto por los carros que eventualmente pasaban.

Caminaba hacia donde estaba el carro cuando escuchó un sonido rítmico pero apagado. Se detuvo para escuchar, y notó que lo que fuese se acercaba con velocidad, cuando sintió el fuerte golpe en la espalda. Perdió el equilibrio de inmediato, cayendo debajo de un peso que cayó junto a él, dándose de lleno en la cara contra el parabrisas de un carro.

Entendió, tratando de nadar en la pesada idiotez de la

borrachera, que lo había derribado una patada, o un golpe de costado, y que lo que lo presionaba contra el capó del carro era un hombre. Unas manos delgadas y sucias intentaban ahorcarlo. Logró poner todo su peso en el esfuerzo de darse la vuelta. Lo estaba logrando, pero rodó por el suelo para quedar sujeto desde la espalda por las manos que inicialmente lo aferraron. Unas piernas se acercaron con tal rapidez que no tuvo tiempo de esquivar el rodillazo que le dio de lleno en la cara.

Los golpes se siguieron sucediendo con manos que se multiplicaban. Algunas hurgaban con rapidez en sus bolsillos. En el forcejeo pudo ver la cara de uno de ellos y juró ver la misma mirada que lo atravesó con odio y que evitó atropellar unas horas antes. Concluyó que eran más de dos. La alarma del carro sobre el que había caído se había activado, aunque tardó en percatarse de ello.

En medio de la pelea silenciosa escuchó un sonido seco, como de algo pesado y hueco que hubiese colisionado a gran velocidad contra la acera. Luego escuchó otro similar, y diminutas piedras le saltaron a la cara con violencia. Descubrió que era vidrio y que, una vez más, los justicieros citadinos estaban combatiendo el mal, como una vez lo había presenciado desde la comodidad de su ventana. Ahora le tocaba verlo desde el lugar de los acontecimientos.

Las manos dejaron de golpear primero, y de hurgar después. Alguna voz dijo algo a lo lejos. Con el tercer impacto (que estuvo peligrosamente cerca de su cabeza) sintió que lo dejaban solo, tirado en la calle. Tardó unos segundos en entender que ya se habían ido, que algún vecino noctámbulo lo había salvado.

Se puso de pie, como pudo, y se sometió a una torpe revisión, palpándose la cara y el cuerpo. Las piernas le temblaban y le dolía la espalda. En cuanto recuperó la agudeza visual constató que el que creía que era su carro, en efecto lo era. Y que las manos que saqueaban sus bolsillos no llegaron hasta las llaves, que estaban al fondo de uno de ellos.

Dentro del carro echó una ojeada a su rostro en el retrovisor. Despeinado, el cuello manchado y el labio inferior partido. Trató de calmarse respirando hondo repetidamente, aunque aún temblaba cuando echó a andar el carro. Poniendo su mente en automático, le pidió que lo llevara a casa, por lo que no recuerda cómo concluyó su periplo bien lejos de allí, en la Solano, en el bar de Miguel.

Estaba a punto de cerrar, pero al verlo entrar con ese aspecto le dijo que se sentara y le trajo un escocés. Mario le contó lo sucedido mientras Miguel puteaba a la delincuencia de Caracas.

¿Y qué carajo fuiste a hacer tú en la Baralt a esta hora?

Como vio que Mario no tenía intenciones de responder, cambió el tema. Luego de hablar de varias cosas sin importancia, cerca de las dos (¿o tres?), haciendo esfuerzos por esquivar sus propios reproches, Miguel le sirvió un trago en un vaso plástico y, dándole una palmada en el hombro, le dijo:

Estos son por la casa. Pero, venga, hombre, vete a dormir, que es bien tarde.

Mario pasó los dos días siguientes durmiendo, sintiendo dolor en todos los huesos (sobre todo en la magulladura de la espalda, que parecía seria), comiendo de vez en cuando y sufriendo la programación del canal, tumbado sobre el sofá de la sala. Y sintiéndose un fugitivo de la justicia. Con la contestadora telefónica llena de mensajes que no le importaban.

Al tercer día se afeitó, se bañó y salió al canal, imaginando una orden de detención en la guantera de cada patrulla policial con la que se cruzaba.

34.

Estados Unidos confunde un avión de pasajeros iraní con un peligroso misil que acabaría con la vida sobre la tierra. Cuando Superman se equivoca, se edita la película para no herir la sensibilidad del público, ni permitir que albergue dudas sobre la infalibilidad de sus héroes. Lejos de las ciudades contaminadas por la avaricia y la insensatez, más de 35 mil hectáreas de árboles arden en Yellowstone. Mario pensó en cómo la estaría pasando el Yogui de su infancia. En otra noticia, se dice que cuatro años después de la muerte de Marley es que el cielo se permite el llanto, y el huracán Gilbert se convierte en lluvia tropical y empapa con su dolor a todo el Caribe. Mario, en su sequía, añorando esa lluvia que era tempestad cuando le apetecía, se acompañaba de una botella de ron en su casa mientras redactaba el involuntario legado de su propia capitulación.

Salvo mi fracaso con América adquirí, como norma de vida, la costumbre de ser amable con las mujeres cuando sospecho que están a punto a abandonarme. Siempre vuelven: como amantes, o amigas que necesitan confesarme sus rollos, o aburridas del hombre por el que una vez me dejaron, necesitadas del pozo de afecto que la nostalgia convirtió en océano; por curiosidad por el paso del tiempo, o porque ningún marido puede alimentar sus expectativas tanto tiempo. Es mil veces más fácil ser un buen amante que un buen esposo. Eso lo sabe cualquiera. Sea por la razón que sea, siempre vuelven. A veces con descaro. Otras fingiendo un civilizado reencuentro.

Por eso, como si lo hubiera escrito, no me extraña cuando estoy en una mesa, a los días de una sorpresiva llamada, sentado con mi querida y lejana Fulana, esa, la de un capítulo que creí sepultado, acompañados de un café, o de unas cervezas, viendo que sí, que sin duda el tiempo pasa, que está más gordita, que asoman arrugas cuando sonríe, que en su cuerpo y en su alma han mermado sus jugos. Que, como las palmas de sus manos, está más seca.

Pero quizá la sorpresa, tal vez la nostalgia, a lo mejor algún detalle, permitiría poner en práctica, más con maña que con combustible, los ritos para mantener el prestigio, y termine llevándola a la cama. Aún a sabiendas de que no me va extrañar toparme con el cierre de sutura de nueve centímetros en un abdomen menos firme, habitado por nada pudorosas estrías y la prevista frase de "mira la hora que es. Tengo que buscar a Carlitos".

Aún a sabiendas de que nada vuelve del pasado.

Lo que no logro explicarme es por qué si tengo tan claro ese plan de retirada, si ha funcionado con la regularidad de un reloj suizo, tuve que cometer esa torpeza la tarde en que le dije que Gaby la esperaba en mi casa, para que todo concluyera así. Ella se estaba yendo y yo lo había visto venir, pero preferí darle la justificación para que me odiara. ¿O lo hice, en el fondo, para asegurarme de que, a diferencia de las demás, no volviera nunca de la muerte? Sí, quizá dejé deliberadamente que *se rompiera el vidrio. Porque la única alternativa hubiese sido asumir el papel de ser la comidilla de los vecinos, enfrentar el desconcierto de Gaby y las preguntas maliciosas de América para obtener como recompensa, al cabo de los años, la itinerante compañía de una mujer en torno a los treinta, y en torno también de las características de esos personajes que tanto conozco, que me ha tocado acompañar para no sentirme solo: neurótica, desconfiada, difícil, orgullosa, acomplejada, encerrada en sus cuatro valores.*

Sospecho que en este caso valió la pena saltarme la norma y guardar el recuerdo como un himen intacto, asegurándome, con su odio, que no me la tropezaría más nunca, que en diez años no recibiría la repentina llamada que me conducirá al café, a toparme con sus nueve centímetros de sutura y a evidenciar el fracaso de la locura, el triunfo del tiempo.

Y entendió que la vida se compone de dos momentos: cuando nos creemos acompañados, y cuando adquirimos la definitiva certeza de que estamos solos. El primero es inocente; el segundo, desolador. Él creyó que había alcanzado esa soledad cuando se separó de América. Pero realmente, ahora que lo ve, no se sentía solo. Descubrió en cambio que la soledad es algo distinto de estar solo. Y que su soledad llegó cuando comenzó a sentirse solo, acompañado de ellas, cuando tenía que fingir cada vez más estar ahí, aun cuando cada vez estaba más lejos.

Ahora sólo queda la plenitud. Y la retirada.

35.

Tropezó con ella una tarde de jueves. Sabía que eso iba a pasar en cualquier momento y temía encontrarla con el Beto, ocupada en esa nueva intensidad que le estaba vedada. La encontró caminando del liceo hacia la parada, silenciosa y ajena. Extraña, como la mujer en que se convirtió frente a sus ojos aquella tarde de lluvia y película que nadie vio. Sólo que aquella fue una revelación desnuda y esta una chica que caminaba sola, sin uniforme, luego de tramitar los documentos de su graduación, lista para dejar atrás la blusa beige y la falda plisada.

Le rogó que se subiera al carro. Ella aceptó, displicente, con condiciones. Verla maquillada le produjo la ilusión de un lejano hallazgo, por lo que le pidió que se sentaran en una heladería de un centro comercial cercano. Se disculpó, una vez más, por lo sucedido en su apartamento.

Ay, ya. Olvídalo, ¿sí? Y si vas a hablar de eso me lo dices, le reprochó ella, revolviendo con la cuchara la superficie cremosa dentro de la copa de su helado, mientras su ceño adusto no bajaría la guardia durante el resto de la breve existencia del helado. Y del encuentro.

Mario la recordó aquella vez en Sabana Grande, unos meses antes, cuando su mirada se moría porque él le prestara atención.

Ahora había tocado la pared y se devolvía con el ímpetu y la prisa del que le resta un largo camino.

Qué raro que no pediste el de tiramisú, dijo, porque no se le ocurrió otra cosa.

Karla lo miró con desprecio desde su rostro maquillado, terminó su helado y, luego de un parco *gracias por el helado*, se levantó de su silla y se fue.

Pensar que nada de esto fue personal, dijo al fin Mario, luego de haberse negado a llegar a esa conclusión. Que el asunto no era conmigo sino con Raquel. Era un pulso con ella.

Pidió la cuenta y buscó un cigarrillo.

Amo al que me abandona, porque me devuelve a mí mismo, musitó. ¿Unamuno?, intentó recordar, al cabo de un instante de silencio. En fin, el que lo dijo sobrevivió a esto, concluyó mientras veía alejarse aquello que una vez calificó inocentemente de *pequeña máquina diseñada con el exclusivo e inútil propósito de despertar curiosidad.*

Alejarse sin mirar atrás.

36.

La clave la encontraría días después en un texto que estaba leyendo por azar. Era un trabajo de Andreas Wilson, el mismo de *Los dioses del Norte*, quien se refería al trauma que le produjo al hombre descubrir a los animales y entender, con ese encuentro, que no tenía sobre su entorno el absoluto dominio que suponía. La tesis podía sonar descabellada, pero a partir de su lectura Mario empezó a desarrollar sus propias explicaciones. Empezó a sentirse reflejado.

Subrayó los siguientes párrafos:

Tratemos de imaginar el asunto desde los orígenes. Remontémonos al más primitivo de los tiempos. Ese tiempo más mágico que el nuestro (en el que nos inventamos supersticiones para domesticar los avatares cósmicos). Escudriñemos en la cotidianidad de aquellos seres antropomorfos que estrenaron la tierra. Ubiquémoslos tratando de descifrar claves y de establecer patrones de conducta de esa anarquía que los rodeaba. Tratemos de imaginar qué mecanismos operarían en la mente de aquellos primeros inquilinos: un universo de condiciones adversas mantenía girando permanentemente a la rueda de la supervivencia.

Advirtamos que comienzan a descubrir la necesidad de preservar ese invisible hálito que los anima. Entienden que deben prevenir el peligro. Domesticado el fuego, comienzan el inventario del mundo que los rodea. Con la visita de otros bípedos darán nombre a una de las cosas que llevan por dentro: la codicia.

Una vez catalogados los árboles, las rocas, la lluvia, el viento y todas las cosas que presencian, que construyen o que dominan, una vez culminada esa tarea y confiados en que comienzan a tener el control de ese universo al que fueron a parar, del paisaje emergen unos seres de formas variadas y fuerzas superiores que tienen la propiedad de desplazarse de un lugar a otro de ese horizonte cotidiano. Seres en los que no será posible el lenguaje.

Esa fascinación que les producen quedaría asentada en las representaciones pictóricas de nuestros más remotos antepasados: los bisontes de las cavernas. Ahora bien ¿A qué obedecen esas representaciones? ¿Qué buscan? Porque si bien esa facultad de mutarse en el paisaje vendría acompañada del terror que engendran (es decir, al moverse de forma imprevista, al no ser un esclavo de sus designios, el animal representa un hipotético peligro), entonces, ¿se le representaba para espantarlo, para que el animal se asustara al verse reflejado? ¿Por superstición, por terror? ¿Acaso allí, en la elaboración pictórica de esos tótem fabricados por el hombre que se doblega ante seres incomprensibles y superiores, comenzó la adoración religiosa, la creación de un universo mitológico, paralelo?

Héctor Torres

37.

No la vería más hasta el mes siguiente, pocos días después de aquel atardecer carmesí en que Gaby, recorriendo la vista por el techo como si allí estuviesen las palabras que buscaba, le preguntó si tendría problemas en que la fiesta de fin de curso se hiciese en la cueva.

No te lo pidiera, Mario, si no fuese porque no hay otro sitio, le explicó.

¿Cómo podía decirle que no a Gabriela?

Le preguntó si debía abandonar la casa para que ellos hiciesen la fiesta.

¿Estás loco?, preguntó, fingiéndose ofendida. Si hasta voy a cobrar entrada a los que quieran verte de cerca. El último de los mohicanos, ¿recuerdas?

Mario sonrió y se quedó pensando en que se trataba de su oportunidad para alejarse de ese fantasma que se había fabricado. Como no tenía fuerza para quedarse solo aquella noche, se dedicó a distraerla con la esperanza de que se le hiciera tarde y decidiera quedarse a dormir. Caminaron hasta el balcón, y en ese atardecer que se convertía en noche pudieron observar cómo la calle, junto a todas las formas que en ella convivían, se iba vistiendo de gris. Encendió un cigarrillo y la abrazó, permaneciendo en silencio. Momentos así propician revelaciones escondidas, y ellos no pudieron resistirse, por lo que comenzaron a contarse secretos.

Sin darse cuenta, pasaron de hablar de él a hablar de ella. Gabriela había tenido cambios notorios durante esos años, pero esa tarde Mario descubrió que esos cambios se habían operado básicamente en su percepción de ella; esa tarde comprendió que ella siempre había sido esa persona madura, serena y cálida que en ese momento se abrazaba a él.

Se llamaba Álvaro, le confesó al fin.

¿Y te gustaba mucho?

Yo me volví loca, Mario, le respondió esa cara que era la de su nena, pero desde la voz de una vieja amiga que le confesaba sus aguaceros. Literalmente loca.

¿Y fue significativo?, digo... no había terminado de formular la pregunta cuando ya se había arrepentido. Iba a librarla del compromiso de responderle, pero ella cerró los ojos con dulzura, colocando una mano sobre los labios de él, como agradeciéndole la oportunidad de hablar del asunto de una vez por todas.

Yo me volví loca, reiteró, afirmando solemnemente con la cabeza, sin abrir los ojos. Luego se acurrucó en su pecho. Y lo que me dolió era que estaba tan convencida de lo que estaba haciendo, porque me gustaba tanto, porque juraba que era recíproco, porque no podía controlarme... hizo una pausa que él interpretó como un intento de dominar las lágrimas. Pero del otro lado no había nadie. Nadie, Mario. Sólo unos ojos azules y una chama vengándose del mundo porque ahora le tocaba a ella y no a las otras. ¡Tan madura que siempre me creí!

Lo abrazó con más fuerza, mientras él sólo atinaba a acariciarle el cabello.

Cuando me vino la regla se me pasó el susto, pero no la rabia. Cada vez que lo veía, pensaba que se estaría riendo de lo fácil que fui, de lo segura que me sentía con lo que estaba pasando, jugando a ser una mujer desenvuelta aunque por dentro estaba temblando de miedo; y me veo, Mario, me trato de ver desde afuera, y veo a una gafita tan loquita que el carajo ese ni siquiera tuvo que insistir mucho.

Suspiró hondo, para luego agregar:

Me da pena y rabia, vale. Pena y rabia.

Ya en ese punto lloraba en silencio, sin gestos, sin amargura aparente.

Yo no sé qué me pasó. Yo no soy así, decía bajito, tratando de mantener su sereno timbre de voz. De sus ojos cerrados, de su rostro distendido, salían unas lágrimas liberadoras. Y Mario, que se jactaba de tener una palabra para cada ocasión, no alcanzaba a decir nada que valiera la pena romper el silencio.

Luego le habló de Raúl. Ese chamo sí es lindo, le dijo, y aunque no abundó en detalles, él escuchó perfectamente, detrás de sus silencios, un qué lástima que no me enamoré de él.

El corazón no es sensato, linda. No es esa su función, le comentó quedamente, pensando más en él que en ella. Pero aunque se equivoque, aunque te lleve por caminos fangosos, siempre valdrán sus razones.

Le fascinó cómo, viendo esa cara, volvió de golpe a esa bebita adorada, a esa nena ufana de ver cómo papi y mami le celebraban todas sus inocentes ocurrencias; a esa nena que, con gestos idénticos, se resignaba dificultosamente a las negativas de mamá cada vez que insistía en un capricho. Y que no pareció haberse resignado a la larga despedida de papá.

Ay, carajita, se le salió en un suspiro, mientras la abrazaba fuerte y se decía a sí mismo que los recuerdos dulces son peligrosos espejismos.

Paisanos del mismo dolor, abrumados por similares caminos, esa noche ninguno de los dos estaba dispuesto a separarse del otro. Cenaron algo ligero, intercambiando comentarios intrascendentes, y se fueron a su cuarto, a seguir charlando, temerosos de que viniera el silencio a importunarlos con sus preguntas. Y esa noche que no estaban dispuestos a separarse, hablaron con la luz apagada hasta quedarse dormidos abrazados en la cama de Mario.

Era la primera y única vez que dormían juntos.

La huella del bisonte

Héctor Torres

La huella
del bisonte

38.

Esos primeros días de agosto asomaban un apagado resplandor de esa luz que había tenido durante los meses que duró su señorío. Gaby iba al mediodía con algunas chicas para organizar los detalles de la *reunioncita*, y se quedaban como hasta las tres, cuatro de la tarde. Usualmente Gaby se iba con ellas. Le decía a Mario, al despedirse, que en esos días él necesitaba soledad.

Y tenía razón, aunque él no siempre lo consideraba de esa manera. A veces, quizá apiadándose de la cara con que él recibía sus despedidas, sólo las acompañaba hasta abajo y volvía para quedarse con él. O regresaba en la noche acompañada de pan, queso y jugo, la litúrgica cena de los solteros.

De resto, las noches de Mario concluían en la barra de Miguel. Cuando ella se quedaba eran un perfecto viejo amor. Podían contarse insignificantes detalles de sus respectivos días o prescindir de hablar durante horas. Daba igual. La sensación de confort era la misma. Se hacían compañía sin estorbarse. Solía bastar con un *lee esto* mientras Mario le entregaba a ella un libro con una página marcada, o un *escucha esto* poniendo los audífonos de su radiecito en los oídos de él, sin ninguna explicación adicional, para compartir un punto cualquiera.

En ocasiones ella se encerraba en la cocina, tarareando, y él podía esperar que se acercara al estudio, en cualquier momento, con algo de comer. Ese estado suspendido, perfecto para la resaca, para ese doble despecho de Mario, podía permanecer indefinidamente si de él dependiese.

Pero llegó el día de la fiesta.

39.

Desde un principio le costó deshacerse de la incomodidad. A pesar de eso, durante la llegada de los chicos ejerció su papel con cierto decoro: sonrisas cordiales, comentarios oportunos, graciosos, solícita disposición; lo que se esperaba del más irreductible de los adolescentes. Del último de los mohicanos.

Lo estaba haciendo bien. Su actuación tenía credibilidad. No en balde venía del mundo del espectáculo y era ahora cuando se percataba de ello. Conocía el libreto y se ceñía a él con disciplina y con talento.

Pero llegó ella.

Y aunque no venía del mundo del espectáculo, sabía de entradas impactantes, alfombras rojas, sonrisas a la cámara y presencia escénica. Su venganza fue despiadada y, sin duda, muy bien urdida. Se apareció cuando ya todos habían llegado, con una faldita mínima, unas sandalias rosadas de tacón, el cabello con algo distinto que Mario no supo precisar, el Beto de guardaespaldas, y una espléndida sonrisa que publicitaba muy eficientemente su soleado andar hacia el porvenir.

Es decir, insoportablemente radiante.

Así la veía Mario. Posiblemente los otros chicos sólo vieron a una chica menuda aprovechando que se había desprendido del uniforme escolar para ensayar sus vestuarios *adultos*.

No lo saludó, por supuesto. O mejor dicho: un mohín de la nariz, casi un tic de su rostro maquillado, desde la esquina en que decidió apertrecharse no muy lejos de él, fue el austero gesto con el cual le ofreció una mínima atención. Una estudiada y mínima atención. Lo insignificante del saludo denotaba lo laborioso del ensayo.

Si bien hasta entonces él hacía notables esfuerzos para estar en ambiente, luego de esa llegada se ancló en una silla para entregarse, poco a poco, a esa brisa venida de quién sabe dónde que comenzaba a soplar sus velas con un viento débil pero plácido. Una brisa que adquiría la forma de los tragos que Gaby reciclaba —puntual y oportuna— sin dejar que su vaso llegara a vaciarse nunca.

Desde ese estado se dedicó a contemplar el panorama, como viviéndolo a través de una película, o detrás de la tranquilidad de un vidrio. Y se hubiese quedado así, de no ser porque ese libreto tragicómico del destino quiso que luego de varias canciones, sonara precisamente la única que no hubiese querido escuchar. Qué podía hacerse, si Mecano estaba de moda, y esa canción estaba pegada en la radio.

Trataba de distraerse con esa fauna que desconoce el sentido del ridículo, pero no podía evitar que sus ojos, atraídos por ese imán, volvieran de soslayo de vez en cuando, para tropezar con esa imagen: ella, faldita y tacones; ella, cabello y rostro ajenos, sentada en su rincón, cantando y tarareando; el Beto detrás, acariciándola, tomándole el cabello entre las manos y soplándole en la nuca, por el calor; ella, piernas pálidas, delgadas, púberes. El Beto, haciendo su papelito del novio de la chica bonita, de la chica suelta. Ella...

Incapaz de resistirse, se preguntaba cómo escapar del embrujo de esa gata a la que podía leerle en los labios cada sílaba de esa canción que avivaba sus tormentos.

No había en toda la fiesta un rincón que no estuviese ocupado por el humo, la música y la explosión hormonal. El incremento de las risotadas sin sentido marcaban el ritmo que adquiría la noche, lubricada por la olla de alcohol enmascarado en algún jugo dulzón en la que abrevaban todos como caballos sedientos. A Mario comenzaba a astillársele la sonrisa que empotró en su traje de anfitrión, cuando Gaby se le acercó con el relevo y su sonrisa salvavidas. El trago que le ofrecía era indispensable; la sonrisa, reconfortante. Y viceversa. Lo conocía lo suficiente para presumir cómo se sentía y, por tanto, omitir comentarios que siempre serían inoportunos. O inútiles.

Con un gesto agradeció tanto el trago como el silencio y, amparado en el aplomo que le brindaba su anestesia, reincidió en llevar su mirada hacia el lugar donde maullaba la gata, que tenía al Beto pegado al cuerpo como una sombra. Encendió un cigarrillo y se le antojó que esa imagen a través del humo adquiría un tono de irrealidad. Como de estar y no estar.

Noche. Interior. Fiesta en la cueva. Plano de conjunto. Alexandra, sentada, canta mientras el novio se mantiene de pie, detrás de ella, ejerciendo su sentido de propiedad. Unos chicos se acercan a ellos e intercambian frívolos comentarios. Atrás se ven otros bailando y conversando. Corte al señor Montiel empotrado en su silla, bebiendo escocés, hundiéndose cada vez más en su risa inverosímil. Una risa casi ridícula, de lo forzada. El plano se va ampliando y enmarca a los personajes principales. Alexandra, con su faldita mínima que penosamente le cubría los muslos, moviendo rítmicamente una pierna que deja ver sus sandalias de tacón y cada uno de sus deditos, alineados e indiferentes, fingiendo ignorar a Montiel mientras entona la canción que habla del cuerpecillo de gitana, imitando la voz de niña-mujer de la cantante, con su inigualable aspecto de mujer a medio terminar, repitiendo, hermosamente, "quiero estar junto a ti".

Mujer a medio terminar, ¡qué tormento!, se dijo Mario.

La escuchaba con inusitada claridad y, cerrando los ojos, como lo hacía mientras ella cantaba y el Beto le acariciaba el cabello, se transportó a ese cuerpo breve de trazos hechos por un artista chino, donde cabía entero su universo de pequeño dios proscrito en su paraíso privado, en esas ocasiones en que esos ojos lo amenazaban con revelarle el secreto más recóndito de la existencia, ese que prometía entregárselo a él y que nunca logró descifrar en sus sonrisas sin sentido, en su ajena respiración entrecortada; escapada de su papel de niña inocente. Cuando tenía motivos para creer en la irresponsable felicidad.

Volvió a la sala y ella seguía allí, vestida, indiferente, al precario cobijo de la muralla de escasos sesenta kilos que interponía entre ellos, repitiendo *ad libitum, quiero estar junto a ti...,* y pensó en las veces en que su fantasma seguía apareciendo por el mismo cuarto donde la desnudó y la vio dormir, acariciando su cabello sobre su piel de goma de borrar. O cuando la olía mientras le tarareaba cancioncitas pegajosas cuando lloraba. Y se sintió fatigado. Fatigado e incapaz de llevar a la cama a una de esas señoras que tenían su edad. A una de esas señoras que hace años fingen los orgasmos y se sienten divinas e interesantes porque pagan sus cuentas y hablan de cine y se compran ropa cara. Sintiendo cómo, desde lo alto, y ante la ausencia del debido sacrificio, la furia de los dioses, luego de haberlo desterrado del paraíso, lanzaba sobre él cuarentiún años de desolación.

La canción terminó pero Mario no escucharía la siguiente. Gabriela, viéndolo solo, aprovechó para sentarse a su lado y, pasándole un brazo por el hombro, le comentó, como al descuido:

Te voy a decir algo, sin explicaciones y sin preguntas, ¿vale?

Vale, le respondió él, tratando de recomponerse.

Lo tomó de la mano. Mira el lado bueno, le dijo. Ni los vecinos van a seguir murmurando ni la gente va a seguir preguntando impertinencias.

Se vieron a la cara durante un instante.

Me daba rabia cuando preguntaban tanto, confesó. No tienes idea.

Él iba a decir algo cuando ella, soltándole la mano, le tapó la boca con un dedo.

Sin explicaciones y sin preguntas, Mario. ¿Sí? Voy a buscarte otro trago.

Y fue por él. Todo tiene su lado bueno, dijo su perfecto

viejo amor alejándose hacia la cocina, dejando al descubierto una complicidad sin rincones oscuros.

Su compromiso había sido con la felicidad y no con la compasión, esa era la única conclusión que lo salvaría. Por tanto le tocaba lanzar los botes, divisar el puerto, aferrarse al timón para no encallar; retomar viejos amigos, viejos gustos: un buen 12 años, la barra de Miguel, donde lo estaría esperando sin reproches ni preguntas, retornar a las veladas entre cuarentones guionistas de telenovelas con ínfulas de poetas, a la relectura de sus dramaturgos preferidos, a renovados intentos de escribir narrativa, a la libertad suspendida... volver a cualquier cosa que le impidiese recordar que no estaba a salvo del dolor. Cualquier cosa que le hiciera olvidar que de cualquier manera estaba condenado; que en cuatro, quizá cinco años ella ya no sería su Karla y nunca más volvería a serlo. Volver a cualquier cosa que le hiciese olvidar que nada tiene regreso.

En ese momento retomó a Wilson. Se descubrió representando el viejo papel: el de ese poblador de cavernas complacido en su mundo inmóvil, un mundo de árboles y piedras donde él moría lentamente sin reparar en ello, feliz en su reino inmortal hasta el instante en que una figura inesperada, el primer bisonte, atravesó la estepa para hacerle entender que estuvo engañado todo ese tiempo. Para concluir que nada está detenido y nunca lo estuvo. Que con el movimiento de lo ajeno, viene la sensación de peligro, de vulnerabilidad, de finitud. Incurriendo en la mentira de capturarlo, lo grabó sobre la piedra flotando en el aire. Lo pintó cientos de veces para que no lo inquietara demostrándole que él, Señor de las cavernas, custodio de esa quietud de piedras y árboles que no poseían idioma, no dominaba el mundo que le rodeaba. Para no obligarse a entender que el tiempo pasaba y él iba a morir. Lo grabó como hace siglos, por la misma razón, ella grababa sobre los vidrios, con su dedo, la hora de la felicidad: para sentir que lo sujetaba. A él y al tiempo. Cuando le dejaba grabada su huella y él mansamente seguía el rastro.

Pintor de bisontes. Así se sentía en ese rincón de la fiesta, sabiendo que iba a morir, que el tiempo le daría a Karla sus nueve centímetros de sutura, sus estrías en la piel y una prole por la cual daría la vida. Y se llenaría de arrugas y de formas flácidas. Y tendría nietos y recuerdos. Y desaparecería para siempre. Seca. Terminada al fin. Concluida. Y él no tendría poder para evitarlo ni fuerzas para resistirlo.

En un rincón pastaba Gaby, con su sonrisa intacta como si nunca la hubiese visitado el dolor. Gabynaturaleza: espléndida e inalterable, cayendo siempre de pie, soportándolo todo y renaciendo perpetuamente. Y en otro rincón aquella herida pequeña: Karlabisonte, inalcanzable, mutando y muriendo a lo lejos. Y él, de súbito viejo y agotado, desilusionado porque la vida, la felicidad, el placer, nunca fueron lo que creyó; porque no había entendido nada y ya no tendría oportunidad de darle otra vuelta al asunto. El pintor de bisontes que se grabó a Karla con el fuego del dolor. Despidiéndose de formas fantasmales de sonrisas breves, teticas esquivas y juguetonas; de pequeño cuerpo, firme y fragante como goma de borrar. Renunciando a seguir la huella del bisonte.

Pintor de bisontes, desde la bruma del venerable escocés, a la deriva, observando a Gaby, con una mezcla de orgullo, admiración y tristeza. En esos días sofocantes y agotadores como sueños de fiebre, en ese principio de agosto, había alcanzado a echar un ojo dentro de ella. Y había descubierto que, aunque habían andado caminos semejantes, a diferencia de él, ella tenía combustible para ver hacia adelante.

En ese momento ella lo buscó con la mirada y le sonrió con ternura. Alzó su vaso y Mario alzó un poco el suyo.

Salud, querida, dijo para sí.

Cuando quitó la mirada de ella, se quedó viendo su trago con atención, como si esperara de él la respuesta a algún misterio de la vida. Lo miró sintiendo que el vaso se alejaba de él. Que todo se alejaba de él.

Al octavo va la vencida. ¿O van diez? ¿O doce? Qué importa ya, murmura.

De pronto quiere dejar constancia de que Gaby es su perfecto viejo amor. Quiere que todos en la fiesta lo sepan. Se pone de pie con pesadez. Gaby, que lo advierte, deja de conversar y le busca la mirada. Cuando él la ve, ella le pregunta, con un gesto, qué pretende hacer. Él alza los brazos como un buitre viejo que procura levantar el vuelo. Mantiene los hombros en alto, con el vaso aún en la mano. Poco a poco los chicos van callando. Alguien baja el volumen de la música. Yo sólo quiero decir, dice y guardó silencio por unos segundos antes de seguir hablando, arrastrando las palabras... que ya no floto.

Creyendo celebrarle lo que consideraron una ocurrencia, algunos chicos irrumpieron en largas risotadas. Él los veía desconcertado, sintiéndose viejo, desubicado.

Yo lo que quiero es dormir, concluyó en un murmullo que acompañó con un movimiento circular de sus brazos, hacia fuera, como en cámara lenta.

Los chicos siguieron riendo. Al escucharlos, más que viejo se sintió forastero. Y más que eso, un prófugo. Un prófugo de algo que podía ser el ritmo de la vida. El último de los adolescentes colgaba los guantes de forma irrevocable. Alguien caminaba hacia él con expresión apenada. La música retornó, más ensordecedora aún. Cuando pudo ver bien la figura que se acercaba, reparó en que era Gaby. Quiso hablarle, pero la lengua no le ayudaba. Ella, que se borraba poco a poco, le decía algo inaudible mientras él intentaba mirarla a través de una bruma cada vez más turbia.

Comprendió que caía en un dulce sopor, en una especie de comarca donde podía aspirar a la belleza, a la honestidad, a la libertad. Sintió el sueño liberarlo del vacío dejado por su renuncia. La voz que le hablaba se iba fundiendo con la música y se sintió momentáneamente dichoso, como si ya lo entendiera absolutamente todo y nada de eso tuviese importancia.

En torno a ellos, pero muy lejos a la vez, varias parejas se levantaban a bailar.

La huella del bisonte

15272663R00172

Made in the USA
Charleston, SC
26 October 2012